AU VENT MAUVAIS

De la même auteure

L'Envers des autres
Actes Sud, 2011
et « Points », n° P5610
sous le titre original
Des ballerines de Papicha

Des pierres dans ma poche
Seuil, 2016
et « Points », n° P5040

Nos richesses
Seuil, 2017
et « Points », n° P4850.

Les Petits de Décembre
Seuil, 2019
et « Points » n° P5239

Fiction & Cie

Kaouther Adimi

AU VENT MAUVAIS

roman

Seuil
*57, rue Gaston-Tessier, Paris XIXe*

COLLECTION
« Fiction & Cie »
fondée par Denis Roche
dirigée par Bernard Comment

Ce livre a été réalisé avec le soutien de l'Académie de France
à Rome – Villa Médicis

ISBN 978-2-02-150356-2

www.seuil.com

À mes grands-parents.

Et je m'en vais
Au vent mauvais
Qui m'emporte
Deçà, delà,
Pareil à la
Feuille morte.

Paul Verlaine,
« Chanson d'automne »,
Poèmes saturniens

L'écrivain

Dans la nuit du 22 septembre 1972, un vent mauvais arriva du Sahara et recouvrit Alger d'une poussière rouge, qui se déposa sur les façades des immeubles, les toits des voitures, les feuilles des palmiers et les parasols des plages.

Au petit matin, toute la capitale algérienne était teintée de cette étrange couleur et les écoliers s'amusaient à dessiner, avec leur index, des soleils sur les vitres poussiéreuses des automobiles garées un peu partout tandis que leurs aînés y inscrivaient des mots obscènes.

À la radio, un spécialiste affirma que ce sable contenait des traces des essais nucléaires effectués par la France moins de dix ans auparavant. Beaucoup d'auditeurs tournèrent le bouton à la recherche d'une autre station, espérant y trouver de la musique ou une émission de divertissement.

Saïd B. aurait pu voir dans ce vent un mauvais présage, mais il ne croyait ni au destin ni aux signes et c'est en sifflotant, le visage serein, qu'il quitta son appartement du centre-ville ce matin-là, après avoir embrassé sa femme et lui avoir rappelé qu'il l'attendait à la grande librairie de la rue Didouche-Mourad, à six heures du soir précises.

Ce rappel était parfaitement inutile : en dix-sept ans de mariage, elle n'avait jamais rien oublié.

Il descendit à pied les neuf étages de l'immeuble – l'ascenseur était en panne depuis le départ des Français en 1962 –, salua un voisin adossé à la porte de l'entrée, qui le congratula en lui montrant le journal qu'il lisait et où la photo de Saïd s'étalait à la une.

Arrivé devant la Maison de la radio, il s'arrêta quelques instants à côté du grand portail en fer forgé et observa un peintre qui s'appliquait à reproduire sur un mur les visages de Yacef Saâdi, de Hassiba Ben Bouali et d'autres héros de la guerre d'indépendance. L'artiste l'aperçut, lâcha son pinceau, traversa la rue pour le rejoindre et lui tapa amicalement sur le dos en s'exclamant :

– Félicitations, mon ami ! Bientôt c'est toi que je dessinerai sur les murs de la ville !

Saïd secoua la tête d'un air faussement modeste :

– Oh, ce n'est qu'un petit livre de rien du tout.

– Un petit livre ? Un grand roman, tu veux dire ! Le plus grand roman algérien ! Tout le monde en parle ! Ah, mon ami, je suis si heureux pour toi.

Saïd répondit avec un sourire gêné et contourna la barrière de sécurité après avoir présenté son badge au gardien qui ne fit pas attention à lui, occupé à suivre à la radio un match de football. À peine l'écrivain s'était-il éloigné qu'il l'entendit pousser un cri de joie. L'Algérie venait de marquer contre la Turquie.

Avant d'entrer dans le studio d'enregistrement qui lui était réservé, Saïd tapa un pied contre l'autre pour se débarrasser de la poussière rouge. Il s'installa et fit signe à sa secrétaire qu'elle pouvait aller chercher le premier invité de la journée. Il s'agissait d'un chanteur andalou, le troisième qu'il recevait ce mois-ci mais la liste des artistes « autorisés » par sa hiérarchie avait été considérablement réduite depuis l'arrivée au pouvoir de Houari Boumédiène en 1965.

Saïd, d'habitude affable et bienveillant, passa la journée dans un état d'agitation tel qu'il se montrait par moments impatient et brusque, et la secrétaire en était réduite à s'excuser platement en raccompagnant les invités.

Enfin, il fut temps de quitter la radio et de redescendre vers le centre-ville jusqu'à la librairie qui le recevait pour une rencontre autour de son premier roman, publié un mois plus tôt.

Il était anxieux soudain, presque intimidé, et il se força à ralentir le pas pour ne pas donner l'impression qu'il se pressait. Il observa de loin les lecteurs arriver : des étudiants, une femme vêtue d'un élégant tailleur et même un homme d'un certain âge aux vêtements froissés. Il fut fier d'une telle diversité de public. « C'est que, moi, j'écris pour tout le monde ! » se dit-il.

Il patienta encore quelques minutes avant de pénétrer à son tour dans la librairie bondée. Son livre s'affichait sur les étals, bien visible. La couverture bleue avait attiré son regard, de l'extérieur. Son cœur se serra comme à chaque fois qu'il avait eu l'ouvrage entre les mains, ces dernières semaines. En prenant place face à son public, il regretta de ne pas avoir exigé de son éditeur un autre choix pour l'illustration.

Perdu dans ses pensées, il n'entendit pas le libraire détailler son parcours, et ce ne fut qu'une fois les applaudissements terminés qu'il se força à se concentrer sur le moment présent. Il afficha un grand sourire, sortit de la poche intérieure de sa veste un stylo à plume qu'il posa sur la table et se racla la gorge bruyamment avant de prendre la parole :

– C'est un roman sur l'Algérie d'aujourd'hui. On y croise des personnages tous liés les uns aux autres. Ils sont nés dans le village d'El Zahra, qui ressemble à n'importe quel autre village du pays. Leïla, une jeune fille des plus ordinaires, Tarek, un berger rustre mais attachant, et Safia qui fabrique des poteries, gardienne des lieux, constituent les personnages essentiels de cette vaste fresque. Leurs trajectoires sont déterminées par les bouleversements que notre pays a connus ces dernières années. Je sais que la fin de ce roman a déçu beaucoup d'entre vous, car vous avez vu dans le futur mariage de Leïla un renoncement et une victoire des traditions. Pour autant, ce livre, je l'ai écrit comme un hommage à Leïla, c'est-à-dire comme un hommage à toutes les femmes de ce pays, pour les encourager et les inciter à réclamer plus de liberté, à refuser les diktats de la société et à rêver à une vie différente.

Le public applaudit de nouveau. Le libraire rappela qu'il s'agissait là du tout premier roman algérien de langue arabe et plusieurs hommes dans l'assistance se levèrent pour acclamer Saïd.

Un photographe joua des coudes, se planta face à l'écrivain et appuya sur le bouton de son appareil, déclenchant un flash qui l'aveugla.

*

La photo est là, sur mon bureau. On y voit Saïd. Ses cheveux bruns, un peu longs, sont coiffés en arrière, un large sourire illumine son visage, ses yeux grands ouverts fixent l'objectif. Il porte une chemise blanche sous un pull en laine qui semble boulocher. Ses mains sont posées sur la table, bien à plat, soigneusement manucurées. Près de lui, les livres rangés sur les étagères de la librairie. Et se décline sur la photo une dizaine de fois la couverture et ainsi une dizaine de fois le dessin d'une femme aux longs cheveux séparés par une raie au milieu, les yeux en amande, un grain de beauté sur la joue. C'est Leïla. Elle porte une robe à pois, boutonnée jusqu'au cou. Une étoffe, comme un châle, est nouée autour de ses épaules. Si on observe attentivement la photo, derrière la vitrine, au loin, il y a une ombre un peu floue, c'est le dos d'un homme qui s'éloigne. Il s'agit de Tarek.

La photo en noir et blanc a été soigneusement rangée dans une mallette en carton que Tarek a cachée dans la remise de son jardin. Il l'a coincée derrière des étagères encombrées de pots de peinture, avant de partir au petit matin avec Leïla et leurs enfants. Ils ne partent pas d'ailleurs, ils fuient, la tête recouverte par la capuche d'un burnous pour Tarek, par celle d'un haïk pour Leïla. Ensemble, ils ferment la porte à double tour, ajoutent un cadenas et abandonnent leur maison et leurs rêves.

Ils prennent le chemin de la gare, tenant chacun l'une de leurs filles endormies dans les bras. Ils marchent ainsi pendant deux kilomètres sous le soleil qui se lève à peine, sans échanger une seule parole, non pas qu'ils soient en colère l'un contre l'autre, mais ils ont longuement parlé et tout a été dit.

En montant dans le train, Tarek eut une pensée pour cette mallette. « Tout de même, ce n'est pas raisonnable de l'avoir laissée là, se dit-il, mais qui irait fouiller une remise de jardin ? Et puis Safia veille ainsi qu'elle a toujours veillé sur nous. »

L'employé sur le quai siffla. Leïla ne jeta aucun regard par la fenêtre. Tandis que la locomotive se mettait en marche, elle se fit la promesse de ne jamais remettre les pieds ici.

Elle tiendra parole pendant vingt ans.

1

TAREK

Le berger

Le hameau d'El Zahra n'était connu pour aucun fait particulier. Au sud et au nord se trouvait une chaîne montagneuse. Les terres ne se cultivaient pas et le seul lac dans les parages était à plus de cent kilomètres. En hiver, la neige recouvrait tout, et en été, les feux étaient fréquents. Quel est le premier homme à avoir eu l'idée saugrenue de s'installer ici, nul ne saurait le dire. La région n'avait rien à offrir. Sa seule richesse était son ciel qui, la nuit tombée, s'illuminait de petits points dorés suspendus au-dessus des têtes, et il n'était pas si rare en ce début de l'année 1922 d'y croiser des savants ou de jeunes étudiants en astronomie venus depuis les quatre coins de la France pour scruter les astres.

Les parents de Tarek se préoccupaient peu des étoiles ou de la lune, elles n'étaient qu'un indicateur de temps et de lieu, une manière de se repérer. Le reste comme on disait n'était que poésie. Et la poésie, ce n'était pas pour eux.

La nuit du 3 février 1922, Tarek s'apprêtait à venir au monde dans une minuscule maison en bois, un gourbi adossé au flanc de la montagne, à l'extrémité du village. Le sol en terre battue était glacial et le toit en paille laissait passer le vent et la pluie. L'accouchement durait depuis plusieurs heures déjà, le bébé se présentait par le siège. La future mère n'était pas seule. Safia, son amie et voisine, était arrivée dès le début des contractions. Elle portait une robe-tablier rose qui lui donnait des allures d'infirmière, avait chaussé des sabots en bois et attaché ses cheveux bouclés. Elle massait le dos de la femme enceinte, et ne s'interrompait que pour verser de l'eau dans une bassine depuis un bidon que, prévoyante, elle était allée remplir au puits, la veille.

Elle épongea le front de la future mère et l'encouragea en lui répétant sur un ton calme et rassurant : « Tu vas y arriver, fais-moi confiance. » Seule sa voix résonnait dans l'unique pièce de la maison et pour cause, la femme qui accouchait était muette. Elle ne pouvait que fixer Safia de ses grands yeux terrifiés. Cette dernière tenta de l'apaiser, le bébé allait se retourner, elle en était certaine. Elle-même n'avait pas d'enfant, son mari étant mort très jeune, mais elle savait comment accompagner les bébés et les faire venir au monde. Sa mère était accoucheuse et la mère de sa mère l'avait été avant elle également. Elles se transmettaient des secrets et des remèdes depuis des générations.

Avec ses doigts agiles, brunis par le soleil, Safia décrivait des cercles sur le ventre tendu de la femme en murmurant des prières. Elle sentit enfin le bébé bouger. Il semblait chercher la chaleur des mains posées sur le ventre de sa mère.

Le futur père était à une dizaine de kilomètres de là. Il avait fait promettre à Safia qu'elle enverrait un gamin le prévenir, une fois le bébé né. Il était certain que ce serait un garçon et avait déjà fabriqué pour lui un berceau en bois. Il avait accepté de travailler sur un chantier difficile et de dormir dans un baraquement pendant un mois, pour pouvoir inviter tout le village à venir partager un couscous à la naissance de l'enfant.

Douze heures après le début du travail, Tarek vint au monde et poussa son premier cri, rassurant ainsi les deux femmes à la fois sur sa vitalité et sur sa voix. Sa mère le garda contre elle en dévisageant ce petit être qui d'un coup venait de transformer sa vie. Elle, qui avait toujours été effacée et timide, se redressa, un grand sourire sur le visage. Elle avait un fils.

Dans la lugubre maison, une vie en chassa une autre. Le lendemain de l'accouchement, la mère de Tarek apprit que son mari avait été emporté par les fortes pluies qui s'étaient abattues sur la région. Il était mort. Un ouvrier lui apporta de l'argent, fruit d'une quête.

*

Tarek était un nouveau-né maigrelet, faute à la période de grande pauvreté que traversait la région, mais sa mère, dès le deuxième jour réussit à l'allaiter et il prit vite du poids.

Safia s'inquiétait pour cette famille. Elle répétait : « Une veuve muette et un nourrisson, on dirait le début d'un mauvais conte. » La mère de Tarek, elle, affichait un visage serein. Elle fit signe à son amie de ne pas s'en faire non plus : elle s'en sortirait.

Safia fit le tour des maisons. Partout, elle était accueillie avec des sourires et des égards. On ne pouvait rien refuser à celle qui connaissait tous les secrets. Même les sages du village n'osaient pas se frotter à elle.

Tarek n'avait que huit jours lorsque Safia trouva ce qu'elle cherchait : un autre nouveau-né, dont la mère n'avait pas de lait et qui se désespérait de le nourrir. Elle se lamentait et avec elle se lamentaient le père, les grandes sœurs ainsi que les oncles et tantes de l'enfant qui avait été prénommé Saïd.

Safia proposa de confier Saïd quelques heures par jour à la mère de Tarek. Elle avait assez de lait pour deux. En retour, la famille de Saïd veillerait à lui fournir des légumes, des fruits et un peu de viande. Et ainsi, dans la petite maison en bois et au toit de paille, deux bébés furent nourris au même sein.

*

À six ans, Tarek passait ses journées entre le marché où Safia vendait les poteries qu'elle fabriquait et les montagnes qu'il explorait avec Saïd. À les voir si proches, on aurait dit deux frères bien qu'ils fussent très différents l'un de l'autre. Tarek, le teint basané, les cheveux bouclés et bruns, faisait une tête de plus que Saïd et était robuste contrairement à son ami, chétif, lui, le teint clair, le regard gai et le visage encadré de longs cheveux châtains. Tarek était le plus grand du village, ses yeux un peu tombants lui donnaient un air doux mais cela était atténué par la mine grave qu'il affichait en toutes circonstances. Il parlait peu, grandissait dans le silence de sa mère et mesurait les mots qu'il prononçait, comme si chacun d'entre eux était précieux et rare. De plus, il était frappé d'un léger bégaiement qui le forçait à préparer ses phrases dans sa tête avant de les formuler. Saïd au contraire vivait dans le verbe et maniait la langue arabe en maître. Ses longues mains s'agitaient au rythme des phrases qu'il prononçait, comme des baguettes de chef d'orchestre.

Les deux garçons se suffisaient à eux-mêmes, ils n'avaient pas d'autres amis. À peine toléraient-ils Leïla, leur voisine, qui les rejoignait parfois pour une partie de cache-cache.

Le jour de leur dixième anniversaire, Tarek et Saïd avaient craché par terre, topé dans la main l'un de l'autre et crié « À la vie, à la mort » avant d'imiter le hurlement du loup en bombant le torse.

De temps en temps, un adulte les alpaguait et les traînait à la mosquée pour qu'ils apprennent à lire et écrire avec le père de Saïd, l'imam du village. Ils s'asseyaient au fond de la salle, collés l'un à l'autre, et récitaient les versets du Coran, découvraient l'histoire de leur pays, celle d'avant la conquête par la France, faisaient du calcul, puis apprenaient des chants religieux avant de filer en douce retrouver les montagnes où ils poursuivaient des lapins sauvages, exploraient le moindre ravin et arrachaient les rares plantes qui réussissaient à pousser. À la tombée de la nuit, ils redescendaient en courant, main dans la main, ne s'arrêtant que pour reprendre leur souffle ou essayer d'attraper l'un des nombreux chats errants et squelettiques qui furetaient partout à la recherche de quelque chose à manger.

L'adolescence les sépara. À la fin de l'année 1937, Saïd fut expédié par son père à Tunis, où il poursuivrait sa scolarité. Avant de partir, il alla toquer à la porte de son ami pour lui faire ses adieux et lui proposer de tenir une correspondance. Tarek refusa. « Après tout, lui fit-il remarquer, c'est toi qui aimes les livres, pas moi. Tu n'auras qu'à m'écrire, je te lirai mais n'attends aucune réponse de ma part. Je te raconterai tout ce que tu auras raté lorsque tu reviendras au village pendant les vacances. Je prendrai des notes pour ne rien oublier. » Saïd accepta le marché et s'en alla en Tunisie, accompagné d'un oncle.

Tarek quant à lui devint berger. La tête protégée d'un chèche bleu, été comme hiver, il partait le matin dans la montagne avec les bêtes et les raccompagnait le soir.

Le mariage

Le 9 janvier 1938, Tarek et sa mère furent conviés à aller manger le couscous du mariage de Leïla qui, âgée de quinze ans, épousait un ami de son père. Le jeune garçon avait décrotté ses chaussures, lavé son visage, tenté de discipliner ses cheveux, et s'était brossé les ongles, sous le regard amusé de sa mère.

Tout le village était là sauf Safia, enrhumée, mais une voisine croisée sur le chemin confia à Tarek et à sa mère que ce n'était qu'un prétexte et qu'elle réprouvait cette union.

Tarek s'installa avec les hommes. Assis en cercle, autour d'un grand plat argenté auquel personne ne touchait, ils affichaient des mines sombres. Le jeune berger, dont le ventre gargouillait, regardait désespérément la semoule qui refroidissait. On entendit le son du oud suivi de youyous et Tarek se prit à penser qu'il aurait préféré être avec les femmes.

– Je n'arrêterai pas d'enseigner la langue arabe, tonna le père de Saïd, vêtu d'un burnous en laine de mouton. Et qu'ils viennent les Français, ils verront !

Il avait parlé d'une voix forte pour couvrir les chants des femmes. Il avait perdu du poids et on le disait presque ruiné par les études et la vie que menait son fils en Tunisie. Tarek savait, par une lettre arrivée la veille, que ce dernier louait une chambre dans une petite pension de famille. La gérante l'avait pris sous son aile et le bourrait de pâtisseries, tant et si bien que plus aucun vêtement ne lui allait et qu'il avait réclamé à son père un mandat en urgence pour en acheter de nouveaux.

Tarek se demanda si la semoule était toujours chaude. Aucun autre garçon de son âge ne s'intéressait au plat posé devant eux. Ils écoutaient attentivement l'imam. Une araignée grimpait sur son bras. Tarek hésita à le prévenir mais même s'il le connaissait depuis son plus jeune âge, il en avait toujours eu un peu peur. L'homme ne souriait que lorsque Saïd était présent. Et encore, pensa Tarek, il ne souriait pas avec les yeux, seules ses lèvres fines s'étiraient légèrement.

L'un des sages du village, vêtu lui aussi d'un burnous, posa la main sur l'épaule de l'imam et tenta de le rassurer :

– Ce décret, ce n'est qu'un bout de papier avec des mots imprimés dessus. Quelle valeur cela peut avoir pour nous, que les Français interdisent notre langue ? Tu continueras à l'enseigner à nos enfants.

Les autres hommes approuvèrent et tous se mirent à jurer de lui envoyer fils et petits frères, et il sembla à Tarek que chacun tentait de surenchérir sur son voisin pour prouver à l'imam qu'il était le meilleur des musulmans. Un jeune garçon de l'âge de Tarek se permit même de prendre la parole sous le regard amusé des plus âgés :

– De toute manière, le village est si isolé, si difficile d'accès, que personne ne saura ce qui s'y passe.

L'imam ricana :

– À moins que des traîtres ici présents n'aillent raconter nos secrets.

Personne ne releva. Pour se donner une contenance, ils s'approchèrent du plat et se servirent. Tarek les imita, heureux de pouvoir enfin manger, même si ce n'était là qu'un couscous fait avec de la mauvaise orge.

Une fois la fête terminée, Tarek grimpa sur un arbre noueux aux branches sèches et creuses où il avait l'habitude de se réfugier lorsqu'il souhaitait être seul. De là-haut, il avait une vue plongeante sur la maison de Leïla et il put ainsi l'observer quitter le domicile de ses parents. Elle avait passé le haïk blanc de sa grand-mère sur sa robe de mariée cousue par des femmes du village. Elle était en larmes et s'accrochait à sa mère qui tentait de se dégager de l'étreinte de sa fille. Le cœur du jeune homme se serra. Il rentra chez lui, le pas lent, la tête baissée, perdu dans ses pensées. Sa mère dormait déjà. Il se coucha à son tour en songeant à Leïla, qui, lorsqu'elle n'avait que cinq ou six ans, sautait de la fenêtre de sa chambre, refermait derrière elle les volets bleus et grimpait dans la montagne pour les rejoindre Saïd et lui. « Et la voilà mariée ! » se dit-il, et cela lui fit mal, sans qu'il sût précisément pourquoi.

Leïla et lui ne se parlaient plus depuis de nombreuses années. Lorsqu'elle eut onze ans, son père avait fait mettre des barreaux aux fenêtres et sa mère s'était mise à « faire son éducation » comme elle disait : elle l'emmenait avec elle au lavoir, lui apprenait à cuisiner, à coudre, à laver les sols. Et Leïla n'avait plus sauté par la fenêtre. Tarek passait devant sa maison lorsqu'il ramenait le bétail, mais les volets bleus restaient désespérément fermés. Avant que le sommeil ne l'emportât, il se demanda si le mari de Leïla avait peint les volets de leur chambre et se promit de vérifier dès le lendemain.

*

Cinq mois après la noce, Tarek remarqua que le ventre de Leïla s'était arrondi. D'habitude, il empruntait un autre chemin pour rentrer chez lui, plus ombragé et plus rapide, mais il fit ce jour-là un détour, avec l'espoir secret qu'il pourrait apercevoir la jeune mariée. Et il avait bien fait car Leïla se trouvait dans le jardin où elle étendait des couvertures en laine d'agneau sur un fil de fer tendu entre deux arbres. Lorsqu'elle leva les bras, Tarek put observer son ventre moulé dans une robe blanche parsemée de minuscules violettes.

Une palissade entourait la maison, mais elle était assez basse pour que Tarek puisse jeter un coup d'œil à l'intérieur. En apercevant le jeune berger, Leïla suspendit son geste et ébaucha un début de sourire.

Ce regard et ce sourire mirent Tarek dans un tel état d'agitation qu'il se mit à crier sur ses bêtes qui avançaient pourtant paisiblement. Il les entraîna dans l'enclos et dut s'y prendre à deux fois avant de réussir à fermer le cadenas du portail, tant ses mains tremblaient. Un peu fiévreux, il revint sur ses pas, le cœur battant. Il n'y avait plus trace de Leïla dans le jardin mais une lumière filtrait à travers les volets entrouverts de la maison. Tarek s'en approcha et regarda à l'intérieur. La jeune femme était allongée sur un sommier et parlait doucement à son ventre. Le berger resta ainsi un moment avant de rentrer chez lui, inquiet à l'idée d'être surpris par un voisin.

Leïla

À quelques jours du nouvel an 1939, alors qu'il rentrait chez lui, Tarek aperçut Leïla adossée au portail de la maison biscornue de Safia. La nuit venait de tomber et le village était plongé dans le noir, de telle sorte que Tarek dut s'approcher pour s'assurer que ses yeux ne lui mentaient pas. C'était bien Leïla. Elle était là, les cheveux lâchés, séparés comme à son habitude par une raie au milieu. Elle portait, sous un manteau gris, une robe rose entièrement plissée dont le col était fermé avec un ruban noir, et tenait dans les bras, bien serré contre elle, son fils âgé de trois mois, emmitouflé dans une couverture en laine. Un léger voile bleu était posé sur ses épaules. Tarek remarqua à ses pieds un sac en toile qui contenait des vêtements. Leïla sursauta en entendant le pas du berger, la main crispée sur son bébé, prête à bondir, à fuir ou, au contraire, peut-être à s'effondrer, mais elle le reconnut et les traits de son visage se détendirent. Tarek s'arrêta, bouche bée. Il admira les longs cheveux châtains de la jeune femme, qui encadraient son visage à l'ovale parfait, ses hautes pommettes, son teint doré et ses lèvres rouges. Elle fronça les sourcils et l'interpella d'une voix agacée.

– Vas-tu m'aider ou t'es-tu changé en statue de sel ?

– Qu'est-ce qui t'arrive ? Où est ton mari ?

– Pourquoi faut-il toujours qu'on me demande où est mon mari, comme si je n'avais pas deux jambes pour me porter et qu'il me faille en permanence un homme à mes côtés ? Les hommes sont-ils des hommes ou seulement des murs auxquels s'adosser ? Si tu veux tout savoir, son patron l'a envoyé acheter du matériel à Alger. Il reviendra dans deux jours. Je cherche Safia. L'as-tu vue ?

– Elle doit être en train de se recueillir sur la tombe de son mari. C'est l'anniversaire de sa mort.

– Mais il fait déjà nuit, elle va geler !

Tarek haussa les épaules :

– Je ne connais personne qui puisse forcer Safia à être raisonnable.

Leïla grommela quelque chose qu'il ne comprit pas. Elle cala son dos contre le portail de la maison, à moitié affaissée, la tête de l'enfant dans sa poitrine. Elle vérifia qu'il était bien au chaud et eut l'air satisfait. Elle le désigna à Tarek.

– Il dort depuis deux heures déjà. Il ne va pas tarder à se réveiller et réclamer à manger.

– Veux-tu que j'aille prévenir tes parents ?

– Non, surtout pas. Va chercher Safia, dis-lui que je l'attends depuis que le ciel est orange. Qu'il faut qu'elle m'accueille chez elle.

Tarek partit en courant, à la fois inquiet de laisser la jeune femme seule dans la nuit et heureux de pouvoir lui rendre service. À la sortie du village, il tourna sur la droite et suivit le chemin de terre qui menait au cimetière, en faisant attention aux nombreuses racines d'arbres qui déformaient le sol.

Il trouva comme il le pensait la potière sur la tombe de son mari, entourée de chats errants qui miaulaient de faim. Elle avait disposé un peu partout de petites coupelles à leur intention afin qu'elles se remplissent d'eau les jours de pluie et qu'ils puissent s'y désaltérer. Les yeux mi-clos, elle récitait un verset du Coran. Tarek attendit qu'elle ait terminé, en tapant du pied, impatient, mais sans oser le faire de manière trop bruyante. Il trouvait le verset bien trop long. Enfin, Safia se releva en époussetant sa robe à carreaux et se tourna vers lui :

– Que se passe-t-il ?

– C'est Leïla… elle est à ta porte.

– Avec l'enfant ?

– Oui.

– Il est malade ?

– Je ne sais pas, il n'a pas l'air.

– Allons-y !

La jeune mère et le bébé étaient toujours là où Tarek les avait laissés, mais à présent, Leïla allaitait son fils, le sein couvert par le voile bleu. Intimidé, le jeune homme n'osa pas s'approcher et Safia le bouscula un peu en passant devant lui. Elle fit entrer la mère et son fils sans rien leur demander et referma la porte derrière elle. Tarek l'entendit tirer le verrou. Il rentra chez lui, à pas lents, chamboulé par la soirée, les yeux grands ouverts pour pouvoir se repérer dans l'obscurité, mais il avait beau les écarquiller, une seule image s'imposait à lui et l'obsédait : Leïla sur le pas de la porte, le ruban noir dénoué.

Sa mère l'attendait. Elle lui signifia qu'il était en retard. Il prétendit qu'une bête s'était perdue et qu'il avait fallu la retrouver puis invoqua une migraine et se coucha sans dîner. Il sentit le regard insistant de sa mère posé sur lui pendant qu'il s'allongeait dans l'unique pièce de la maison. Il se mit en boule, les genoux remontés contre son ventre et la main gauche crispée sur le coussin. Il dormit d'un sommeil agité, plein de cauchemars, et se réveilla en retard. Il courut chercher les moutons dans l'enclos situé à proximité de la maison de Leïla où étaient réunis les sages du village. Ils se tenaient en cercle autour du père de la jeune femme. C'était un petit homme bouffi de graisse, au cou inexistant et au teint rouge. Il paraissait furieux et faisait de grands gestes menaçants. Safia sortit à son tour de la maison et, après avoir embrassé sur le pas de la porte la mère de Leïla dont le visage acnéique ruisselait de larmes, passa devant les sages sans les saluer et prit le chemin de son logis. Le père l'observa s'éloigner, le regard méchant. Tarek se demanda de nouveau, car cela l'avait toujours intrigué, comment un couple aussi grossier avait pu mettre au monde une fille aussi belle, gracieuse, et lumineuse. Les sages remarquèrent sa présence et il se dépêcha de prendre le chemin des plaines avec les bêtes.

Le soir, sa mère lui apprit que Leïla était de retour chez ses parents, avec son fils.

Les jours qui suivirent, tout le village ne parla que de cela. De Leïla qui avait osé quitter son mari. Tarek vit les visages des hommes s'assombrir et fut témoin de leur rage. Il craignit pour la vie de la jeune femme et s'en ouvrit à Safia, mais elle le chassa comme on chasse une mouche.

« Occupe-toi de tes affaires ! » lui avait-elle ordonné. Il était reparti, furieux et vexé de ne pas être pris au sérieux.

Les hommes fixaient Leïla avec insistance mais jamais Tarek ne la vit flancher, rendre un regard ou baisser la tête. Ses yeux à elle ne disaient rien. Il n'y avait pas d'hostilité, pas de tristesse, pas de regrets. Le murmure des hommes ne cessait de grossir, et bientôt, se disait Tarek, il se transformerait en grogne et en furie. Il se mit à guetter les rares sorties de la jeune femme au lavoir et à la suivre de loin.

« Elle a un cœur de pierre », chuchotaient les habitants sur son passage. Et à ces mots, Tarek tentait d'avoir le pas lourd, de remuer la terre, de crier sur les bêtes, comme s'il pouvait, par ces piètres tentatives, créer assez de bruit pour empêcher les mots d'atteindre les oreilles de Leïla, comme si la poussière pouvait recouvrir la méchanceté des hommes.

Les femmes, elles, avaient pris la décision de ne plus adresser la parole à la jeune femme. En dehors de Safia et de la mère de Tarek, plus aucune voisine ne répondait à ses salutations, ne prenait de ses nouvelles ou même ne faisait mine de la voir. Ses rares amies se détournèrent d'elle et firent la leçon à leurs enfants : ils ne devaient plus la saluer. Toutes les nouvelles mariées subirent des menaces et des remontrances de la part de leurs mères : qu'elles ne s'avisent pas de faire de même !

Foin ! Pierre !

Au printemps 1941, Tarek ramenait ses moutons dans le hameau quand il croisa Saïd qui arrivait de la gare pour les vacances universitaires et qui avait pris un chemin détourné, certain d'y rencontrer son ami. Les deux hommes se firent de grandes accolades, heureux de se retrouver après une nouvelle année de séparation. Tarek, son bâton de berger dans la main, se moqua de son ami.

– Saïd, tu as été contaminé par les gens de la ville ! Année après année, ton accoutrement est de plus en plus ridicule. Qui met de tels pantalons ! C'est quoi cette couleur ? Beige ? Tu sais bien qu'ici, le vent apporte du sable avec lui, et un sable rouge qui plus est ! Ah, mon ami, heureusement que tu reviens à chaque printemps pour te rappeler d'où tu viens !

– Je n'y ai pas pensé en me préparant ! Tunis est une ville bien différente de ce village. Tu devrais m'y suivre. C'est à ça que sert la vingtaine, non ? À partir et à explorer le monde !

– Qu'est-ce que je ferais là-bas ! Ma place est ici, avec mes terres, mon troupeau, ma mère et mes nuages.

– Comment va ta mère, d'ailleurs ?

– Elle ne change pas : elle prétend que tout va bien et ne se plaint jamais.
– Je passerai la saluer dès demain, je lui ai apporté des douceurs de Tunis.
– Elle en sera heureuse, tu sais qu'elle t'aime comme un fils.
Saïd lui sourit.
– As-tu bien reçu toutes mes lettres ?
– Oui, et je les ai lues dans la montagne à voix haute pour en faire profiter les moutons.
– Ont-ils aimé ma prose ?
– Plus que moi ! Je connais toutes tes histoires d'université, ils ont l'air affreux ces étudiants.
– Ils le sont tous ! Le village me manque tellement. Quelles sont les dernières nouvelles ? De qui parle-t-on ?
– De rien et de tout le monde.
– Est-ce que nos chers sages et les bien-pensantes se sont remis du scandale causé par Leïla ? Ou la vouent-ils toujours aux pires gémonies ?
Tarek se sentit rougir.
– Tu es au courant que son ancien mari a vendu ses terres et a quitté le village sans laisser d'adresse ? Le gamin a presque trois ans et n'a plus de père.
– Je l'ignorais mais cela ne m'étonne pas. C'est un rustre ! Il l'a toujours été. Tu te souviens que lorsque nous étions enfants, il nous battait si nous avions le malheur de passer devant sa maison ? Que pouvait-il faire d'une femme telle que Leïla ? Il faut la sortir de ce village paumé !
– Et pour aller où ? C'est ici qu'on a grandi, on y a nos racines !

– On s'en fiche des racines, nous ne sommes pas des arbres, mon ami ! Une femme comme elle mais… tu n'y penses pas ! Il faut l'emmener vivre loin d'ici, de cette poussière, de cet univers tout étriqué. Il faut lui faire découvrir une grande ville, lui offrir les plus belles robes, l'habiller à l'européenne, l'inviter à l'opéra et au théâtre ! Leïla, c'est l'Algérie de demain.

– Et moi, je suis l'Algérie d'hier, n'est-ce pas ?

Vexé, Tarek s'était exprimé d'un ton plus dur qu'il ne l'aurait souhaité.

– Je n'ai rien dit de tel, protesta Saïd, je ne te visais pas toi, et puis, tu es libre de choisir ce que tu veux faire ! Qui te force à rester ici et à garder les moutons des autres ?

Tarek ne répondit pas et fit mine de compter le bétail, mais du coin de l'œil, il observa son ami qui avait glissé ses mains dans ses poches et sifflotait à présent, le visage levé vers le ciel pour profiter des premiers rayons du soleil de l'année. Une bourrasque le décoiffa et il entreprit de lisser ses mèches désordonnées. Tarek le dévisagea, amusé et touché par cette coquetterie. Ils étaient maintenant proches du village et apercevaient au loin les premières maisons séparées les unes des autres de plusieurs centaines de mètres. Ils avancèrent, côte à côte, sans autre bruit que le bêlement des moutons et le craquement des petites brindilles qu'ils écrasaient sous leurs pas.

« C'est étrange, se dit Tarek. Voici un homme qui, si je l'avais rencontré aujourd'hui, n'aurait rien eu à me dire. Il serait passé devant moi sans même s'arrêter. Peut-être aurait-il seulement jeté un regard sur mes moutons, amusé par cette scène qui lui aurait semblé cocasse ou typique ou je ne sais quoi. Nous n'avons, en vérité, rien en commun : lui est lettré, il vit dans la capitale d'un pays étranger. Il est issu d'une grande famille, ses oncles sont des protecteurs, ses tantes des fées, son père le chérit. Sa mère se tuerait pour lui. Il a des sœurs qui l'aiment tel un fils. Des neveux et des nièces qui l'idolâtrent. Moi, je sais à peine lire et écrire. Mes moutons sont mes maîtres. Je n'ai qu'une mère, qui est muette et dont la plus grande richesse fut d'avoir du lait. Si nous n'avions pas partagé le même sein, nourrissons, qu'aurions-nous à nous raconter aujourd'hui ? Me parlerait-il ? Discute-t-il avec d'autres bergers, d'ailleurs, ou d'autres ouvriers ? Non. Mais parce que ma mère l'a nourri, nous voici dix-neuf ans plus tard, marchant côte à côte, et cet homme est pour moi Saïd, seulement Saïd. Il n'est pas l'étudiant brillant en littérature arabe. Il n'est pas sa chambre remplie de livres qui sont des mondes étranges pour moi. Il n'est pas ce pantalon de toile claire que je ne pourrais pas me payer, et que je ne saurais à vrai dire pas comment porter. Il n'est pas la lame du rasoir qui lui fait des joues propres quand les miennes sont hérissées de poils. Il n'est pas cet accent arabe chantant quand moi, tous mes mots ne sont que bougonnement. Il n'est pas les femmes, toutes les femmes, les filles d'ici et les Européennes, qui lui sourient alors que devant moi, elles baissent les yeux et fuient mon regard les rares fois où je vais en ville. Quand nous ne sommes que tous les deux dans ce village, nous sommes deux garçons, fils du même lait. Deux frères qui ont en commun les matins d'hiver dans les champs à courir, les cornets de fèves chaudes épicées au cumin que nous partagions petits, les après-midi avec le bétail à garder, les soirées auprès des sages à écouter leurs histoires de batailles et de conquêtes. »

Les jeunes gens n'étaient plus qu'à une centaine de mètres de l'entrée du village, chacun perdu dans ses pensées, quand le bruit d'un moteur les poussa à se ranger sur le bas-côté. Tarek encouragea ses bêtes à se regrouper pour laisser passer le camion de l'armée française qui arrivait mais celui-ci s'arrêta à leur hauteur. Un militaire en descendit, inspecta leurs papiers avant de déclarer :

– Il me manque un homme.

Les deux amis échangèrent un regard effrayé. L'officier répéta sur un ton plus menaçant :

– Il me manque un homme !

Tarek s'avança. Saïd tenta de le retenir mais le jeune berger se dégagea doucement. Il grimpa dans le camion et lança son bâton à son ami :

– Ramène les moutons si tu te souviens comment on fait et demande à Safia de veiller sur ma mère. On se retrouvera après la guerre, mon frère !

Le camion démarra. Tarek prit place à côté des autres hommes. Ils étaient tous silencieux et affichaient un air sinistre. Le jeune berger eut l'impression qu'une sourde colère émanait physiquement d'eux, avec une telle intensité qu'elle se propageait dans le camion de l'un à l'autre, à la manière d'un fil invisible qui les aurait reliés. « Cette même colère ne tardera pas à m'envahir », pensa-t-il, troublé. Alors que le village s'éloignait, et que Saïd n'était plus qu'une petite tache plantée au milieu de la route, Tarek se fit la promesse que s'il rentrait vivant de la guerre, il demanderait la main de Leïla.

*

On le fit embarquer sur un bateau pour Marseille. On lui rasa la tête et on lui donna un vieil uniforme qui avait appartenu à un autre soldat, le treillis était usé et il manquait le casque. On lui ordonna de glisser du foin dans sa botte gauche et une pierre dans sa botte droite. Le sergent criait : « Foin ! Pierre ! » et, sous le drapeau français, ceux qu'on appelait les indigènes s'exécutaient et levaient les jambes en cadence.

*

Ce ne fut que plusieurs jours plus tard qu'il se vit pour la première fois dans sa tenue militaire. Il aperçut son reflet dans un miroir, le visage buriné par le soleil et le vent, l'uniforme légèrement trop petit pour sa grande stature mais qui semblait pourtant trop grand à Tarek. Son regard fiévreux surtout le troubla. Comme si ses yeux avaient su avant lui que tout cela était grave, comme si ses yeux avaient compris la réalité avant même que Tarek, lui, l'ait admise. Il se répéta toute la nuit qu'il ne laisserait ni l'uniforme ni la colère des autres le changer. Il était Tarek d'El Zahra, il n'était pas un soldat.

Le bordel versaillais

Son cœur battait. Tarek avait survécu. Il avait vu des hommes mourir et d'autres perdre la tête, mais lui avait survécu et attendait désormais de pouvoir retourner à El Zahra pour retrouver tout ce qu'il y avait laissé : sa mère, ses montagnes, Saïd et la promesse de Leïla.

Il n'en revenait pas totalement indemne. Il y avait des traces. Celles sur son corps qu'il ne pouvait pas cacher. Et les autres, qui n'appartenaient qu'à lui.

De ce qu'il avait vécu dans les Frontstalags et sur les champs de bataille, il savait qu'il ne raconterait rien à personne. Trou noir dans son existence. Au milieu du chaos, il avait pris cette résolution : de cette guerre, il ne dirait rien. D'autres sans doute se feraient témoins de cette tragédie, mais pas lui. Il choisissait le silence. Les mots lui manquaient pour comprendre ce qui lui était arrivé et il n'avait pas le courage d'aller les chercher. Il avait essayé, une seule fois. Au milieu de la nuit, dans un bar où il avait échoué, il avait tenté de raconter à une serveuse les trois années écoulées depuis cet instant où un camion de l'armée s'était arrêté sur le bord de la route. Il avait commencé une étrange conversation avec une jeune femme qui essuyait encore et encore le même verre mais les mots, parce qu'il s'agissait de mots qu'il employait au quotidien, ne lui semblaient pas appropriés et au fur et à mesure qu'il énonçait la traversée depuis Alger, les camps de prisonniers, l'évasion, la bataille du Monte Cassino, le retour en France, les mots s'effritaient et il avait fini par renoncer. La serveuse, compatissante, lui avait caressé le bras.

*

Au début de l'automne 1944, son régiment composé d'une centaine de soldats nord-africains arriva à Versailles, le temps d'être rapatriés dans leurs pays d'origine.

*

À l'entrée de la ville, Tarek avait aperçu son regard dans le rétroviseur d'une voiture et en avait tremblé de peur. « Ce n'est pas moi, avait-il pensé, ce type au teint cireux, aux yeux si sombres qu'ils en paraissent noirs, ils sont éteints, comme calcinés, c'est forcément quelqu'un d'autre. » Et malgré le sourire qu'il s'était contraint à faire, qui avait étiré les coins de sa bouche et dessiné de légères rides, il n'avait pas pu chasser l'idée qu'un démon avait pris possession de son corps, que cette paire d'yeux lugubres ne lui appartenait pas. Il s'était inquiété de ce que sa mère dirait lorsqu'elle le reverrait. Il avait appris par Safia, qui lui avait transmis quelques billets, qu'elle avait survécu et qu'elle allait bien. Tarek en avait été soulagé. Il avait fait une longue prière pleine de gratitude et avait répondu aux lettres par des phrases toutes simples, des formules que tous les soldats recopiaient, qui ne racontaient et ne dévoilaient rien. Il n'écrivit pas, par exemple, qu'en Italie, il avait été ordonné aux soldats nord-africains de se mettre en première ligne, que, depuis trois ans, il n'avait eu que deux jours de permission, que son corps était recouvert d'un eczéma dont il peinait à se débarrasser, et qu'il avait appris malgré lui l'allemand dans les camps, que cette langue, il espérait s'en défaire avec le temps mais qu'il avait l'impression qu'elle lui collerait à la peau pour toujours, qu'il lui était arrivé de trébucher sur un mot en français et de le remplacer par l'allemand, et, démuni, il en perdait la parole, comme si soudain quelqu'un d'autre s'exprimait à travers lui, quelqu'un qui n'était pas Tarek d'El Zahra. Oui, cela il le gardait pour lui. Il rentrerait vivant et c'était tout ce que sa mère et Safia avaient besoin de savoir.

*

Les soldats et leur sergent étaient arrivés en fin de journée, l'obscurité du crépuscule enveloppait Versailles. Dans les immeubles et dans les maisons, il y eut une certaine agitation sur leur passage : des hommes se penchèrent aux fenêtres pour les observer, d'autres sortirent de chez eux et restèrent accoudés au chambranle de la porte, les bras croisés, l'air sévère. Un vieil homme assis sur un banc se leva même et agita sa canne devant eux en criant, mais il bafouillait tant que Tarek ne comprit pas ce qu'il disait, et se contenta de l'ignorer.

Ils s'installèrent dans la caserne Denfert, rue Satory. Huit cents Nord-Africains et Sénégalais logeaient déjà dans ce bâtiment en piteux état où les vitres des fenêtres étaient brisées, les murs crasseux, les douches condamnées et où il n'y avait qu'un seul robinet d'eau courante pour la toilette de l'ensemble des hommes.

Un café clandestin tenu par des soldats proposait à la vente des bottes, des pantalons militaires, du café, des cigarettes et même des armes au prix du marché noir.

Tarek et ses compagnons se couchèrent par terre sur une paille infestée de parasites, entre deux matelas sales et humides qu'ils utilisèrent pour se protéger du froid. Épuisé, Tarek s'endormit tout de suite mais il rêva que Saïd l'appelait et se réveilla en sursaut, son maillot de corps trempé de sueur. Il retourna son oreiller mouillé et ferma les yeux de nouveau mais les ronflements de plusieurs soldats et le froid glacial le maintinrent éveillé. Ce ne fut qu'au petit matin qu'il sombra dans un sommeil agité.

*

Au réveil, il partit avec d'autres soldats explorer la ville. Des hommes, des femmes et des gamins les observaient, figés sur les trottoirs, êtres pâles aux yeux plissés et à la bouche pincée. Tarek eut la pénible impression d'être revenu en territoire ennemi. Arrivés au centre-ville, les soldats entrèrent dans le café de la place. C'était une salle aux murs blancs couverts d'affiches d'art. Les tables en bois de forme carrée étaient recouvertes de nappes en papier. Au comptoir, des habitués prenaient leur petit-déjeuner en compagnie du patron, un homme costaud d'un certain âge. Une odeur âcre, mélange de sueur et de renfermé, prit Tarek à la gorge. Les soldats s'installèrent à une grande table. Le garçon hésita à les servir et chercha des yeux l'approbation de son patron qui lui fit un vague signe de la tête, l'air de dire : « On n'a pas le choix. » De l'argent était de l'argent, peu importe qui le donnait. Le garçon prit les commandes et précisa qu'il fallait payer d'avance.

Tarek avala une gorgée de son café et fit une grimace. Il l'aimait bien sucré mais le serveur n'avait pas apporté de sucre et il ne voulait rien lui demander. Il se tourna aux trois quarts sur sa chaise afin de pouvoir garder dans son champ de vision les hommes installés au comptoir. Les autres soldats faisaient de même, chacun surveillait un coin du café.

Un soldat tunisien qui marchait en traînant la jambe depuis qu'il avait pris une balle dans la cuisse en Italie alluma une cigarette et inhala la fumée. Il sourit d'un petit sourire froid et murmura en arabe :

– Ce n'est pas parce qu'on a combattu pour la France et qu'on porte un uniforme français qu'on n'est pas des étrangers, hein ? Ah, les gens sont mauvais partout, c'est moi qui vous le dis !

Les autres acquiescèrent sans répondre et finirent de boire leur café. Tarek fut le premier à se lever mais tous l'imitèrent immédiatement. Ils quittèrent les lieux, les regards hostiles des autres clients braqués sur eux. L'un des soldats désigna le ciel bleu, orphelin de nuages :

– On dirait du plastique. C'est trop parfait pour être honnête, si vous voulez mon avis.

Ils longèrent l'avenue principale, passèrent devant l'église, et sans se concerter se dirigèrent vers le cinéma. Ils achetèrent des tickets à une jeune fille qui avait un ruban jaune dans les cheveux et qui se montra très aimable avec eux. Elle leur offrit même du chocolat américain en les remerciant de ce qu'ils avaient fait pour la France et leur confia en soupirant que son fiancé n'était pas encore revenu du front. Sa gentillesse et son sourire réconfortèrent Tarek qui s'installa dans la salle, le cœur un peu plus léger.

Il déchiffra le titre du film affiché sur le grand écran : *Les Trois Lanciers du Bengale* de Henry Hathaway. Le film se déroulait dans les Indes britanniques, au début du siècle, l'histoire était celle d'un régiment colonial qui devait faire face à une rébellion. Après une demi-heure, Tarek soupira. Il trouvait le film insipide. Il n'avait pas envie de passer deux heures dans le noir à suivre les aventures de soldats, d'une colonie britannique qui plus est. Il chuchota aux autres qu'il se tirait de là et quitta le cinéma en pestant intérieurement contre ce drôle de film qui se contentait de vous montrer un miroir terne de la réalité. « Je ne dépense pas mon argent pour m'enfermer dans une salle et regarder mon quotidien sur un écran. »

Il salua la jeune fille à la caisse qui eut l'air désolé de le voir partir, et remonta la rue, heureux de retrouver la lumière du jour. L'air piquant lui chatouilla les narines et le fit éternuer. Le ciel était gris désormais et de gros nuages lourds de pluie se rapprochaient. « Décidément, tout ici est sinistre », se dit-il. Comme il avait hâte de rentrer au village, après trois années en Europe, loin des siens ! Il espérait que Saïd s'en était sorti. Il avait appris par Safia que son ami avait été enrôlé dans l'armée juste après lui, mais depuis un an, personne n'avait eu de ses nouvelles. Sa mère en était morte de chagrin et son père passait ses journées à prier et à jeûner dans l'espoir de voir son fils revenir sain et sauf.

Tarek avait demandé à tous les soldats nord-africains rencontrés sur les champs de bataille si quelqu'un avait eu des nouvelles, mais dans le chaos, il était impossible de retrouver quiconque. Il fallait attendre que la poussière retombe.

À l'heure du déjeuner, il suivit ses camarades au réfectoire. Le soldat préposé à la cuisine déposa sur la table un grand seau semblable à celui que Tarek utilisait pour nourrir ses bêtes lorsqu'il était berger. Dedans, des nouilles froides sur lesquelles une poignée de gros sel avait été jetée baignaient dans de l'eau.

*

Deux mois après son arrivée à Versailles, Tarek alla trouver son sergent. Il était nerveux, les autres soldats l'avaient mandaté pour porter leurs revendications. Il n'avait pas demandé à endosser ce rôle d'émissaire. Il n'était pas bavard, Tarek, et c'était justement pour cela que cette tâche lui incombait. Il parlait si peu que lorsqu'il le faisait, tout le monde faisait silence et l'écoutait. Le sergent l'accueillit avec gentillesse. C'était un homme athlétique, toujours cordial et proche de ses soldats. Il était à la fenêtre et observait l'agitation de la ville, les sourcils froncés. Au mur, une grande feuille était punaisée sur laquelle trois colonnes comptabilisaient les soldats disparus, décédés et faits prisonniers.

– Voulez-vous m'accompagner jusqu'à la poste ? J'ai une lettre à envoyer à ma femme. Nous en profiterons pour discuter, vous êtes là pour ça, non ?

– Oui.

– Êtes-vous marié, Tarek ? Je ne me souviens pas.

– Non, sergent.

– Une fiancée ?

– Pas encore.

– Ah ! C'est bien d'avoir une femme quelque part, vous savez ! Ça vous empêche de sombrer. Elles sont plus fortes que nous. Les femmes, je veux dire.

Tarek se remémora sa mère, Safia puis Leïla et acquiesça :

– Je l'ai toujours pensé.

De ses doigts fins, le sergent chercha une cigarette dans sa poche, en proposa une à Tarek qui refusa. Les lampadaires de la rue s'allumaient sur leur passage. Et les visages de ceux qu'ils croisaient s'assombrissaient, se figeaient, une lueur de contrariété dans le regard. Le sergent accéléra le pas et Tarek fit de même. Le ciel avait pris une lueur rouge et Tarek réalisa qu'il n'avait jamais vu une telle couleur à El Zahra. Pendant un instant, il se sentit chanceux, en oublia que c'était une guerre, une terrible guerre, qui l'avait amené là et souhaita immortaliser le plus longtemps possible cette image, ce flamboyant, ce rouge qui crépitait, qui embrasait le ciel. Mais déjà le rouge s'évaporait, déjà le mauve foncé, le bleu nuit, le gris-noir, le remplaçaient. Tarek se rappela la brutalité des hommes et les camps. Il se sentit très loin de chez lui. Il scruta l'obscurité naissante et vit de nouveau les visages crispés des Versaillais, les mains accrochées aux sacs, les corps prêts à bondir. Il oublia ce bref moment de joie et se racla la gorge deux fois avant d'oser prendre la parole.

– Sergent, nous n'avons toujours pas reçu notre solde.

– Cela ne va pas tarder.

– Les soldats français, eux, reçoivent la leur sans retard… Une solde bien plus importante que la nôtre à ce qu'on dit…

– Je ne peux rien pour cela. L'armée est ainsi organisée.

– On nous avait annoncé un rapatriement sous huit jours et nous sommes coincés ici depuis des semaines…

– La guerre finira bien par se terminer et nous pourrons retrouver une vie normale.

– Nous sommes désœuvrés, pourquoi nous forcer à rester ici ?

– Je n'ai pas de réponse à vous donner. Il faut patienter, nous n'allons pas tarder à avoir des nouvelles.

– Les jours comptent double, dans cette ville. Nous logeons dans un taudis. On dort sur de la paille infestée de punaises. Tout le monde est malade.

– Vous avez accès aux soins du dispensaire. Le médecin-chef m'a justement écrit ce matin pour m'informer du mauvais comportement des soldats nord-africains. Il dit que malgré tous les soins, les amabilités et la patience des soignants, vous causez du scandale à la moindre occasion, vous terrorisez le personnel de l'hôpital et même, vous fuyez en sautant par la fenêtre pour ne pas passer devant le garde qui se trouve à la porte ! Je passe sur l'insistance de certains d'entre vous à essayer d'entrer en contact avec les prostituées.

Tarek protesta :

– Il n'y a aucune amabilité au dispensaire ! Ils nous traitent très mal et reprochent à des soldats d'avoir des maladies vénériennes.

– Ce qui est la vérité.

– Aucun d'entre eux n'en avait avant la guerre, vous le savez bien.

– Je sais, je sais mais il faut vous soigner et écouter les infirmières. Je vais écrire à mes supérieurs pour leur demander d'améliorer le plus rapidement possible les conditions d'hygiène. Je ne promets rien mais je ferai tout ce qui est en mon pouvoir pour vous aider. Je vais aussi écrire au sujet de votre solde. Dites-le à vos camarades.

Tarek ne répondit rien. Le sergent fronça les sourcils.

– Un problème, soldat ?

– Oui. Ce matin, on nous a refusé l'accès au café de la place. Une feuille a été placardée sur la porte. Il est interdit aux Africains d'y entrer.

Le sergent soupira et secoua la tête.

– Je vais voir ce que je peux faire.

– Merci.

– Pendant que je vous tiens, je voudrais vous parler de quelque chose moi aussi. J'ai remarqué que vous étiez de moins en moins nombreux à assister au lever du drapeau, le matin.

Tarek fit remarquer :

– Ce n'est pas une obligation !

– Certes mais on m'a fait savoir également que certains d'entre vous ont confectionné un petit drapeau vert qu'ils cacheraient dans leur chambre et à qui ils rendraient les honneurs.

– Je ne suis pas au courant.

– Vraiment ?

– Vraiment, sergent. Et même si c'était le cas, est-ce une infraction d'avoir un bout de tissu vert dans ses affaires ?

Le sergent s'arrêta de marcher et baissa la voix :

– Je ne fais pas de politique moi, vous le savez, je fais la guerre et je n'ai eu à aucun moment à me plaindre du comportement de l'un d'entre vous. Vous avez été braves et courageux. Je vous demande juste de terminer cette guerre sans… comment dire… sans problème, ni polémique.

– On ne demande que ça, sergent.

– Je fais le nécessaire pour que votre solde vous soit versée.

– Merci.

*

Tarek rejoignit ses camarades qui fumaient face à la mairie où des Versaillais discutaient à voix basse en cercle autour d'un élu de la ville.

– Venez, ne restons pas là, dit-il.

Les soldats éteignirent leurs cigarettes et se recoiffèrent de leur couvre-chef.

– Ils étaient où ces hommes durant la guerre, vous les avez vus, vous ? ricana le soldat tunisien blessé à la cuisse.

Les autres sourirent.

– Je vais bientôt commencer à regretter le front, renchérit un soldat marocain, au moins, à ce moment-là, on nous traitait avec un peu de respect.

Tarek proposa :

– Rentrons à la caserne pour faire une partie de cartes. Le temps passera plus vite. Le sergent a promis qu'il allait s'occuper de tout ça.

Le Tunisien secoua la tête, dubitatif :

– Il fera ce qu'il peut, mais peut-il grand-chose ?

Le lendemain matin, une rumeur circula parmi des soldats. Par peur de voir s'établir des relations entre les Nord-Africains et les Versaillaises, l'armée envisageait d'installer des bordels militaires de campagne et de faire venir des prostituées nord-africaines. Les hommes commentaient la nouvelle lorsque le sergent les fit réunir pour leur annoncer qu'un nouveau régiment de soldats nord-africains arriverait dans l'après-midi.

Après le déjeuner, Tarek et sa garnison se rendirent de nouveau au cinéma, mais trois hommes d'une trentaine d'années leur barrèrent l'accès à la salle.

– Vous ne pouvez pas entrer.

La jeune fille au ruban jaune rougit d'embarras et fit remarquer :

– Ils ont acheté des tickets !

– Peu importe, le cinéma n'est plus ouvert aux soldats étrangers.

Tarek protesta :

– On a vu des Américains entrer juste avant nous.

– Dégagez, on vous dit !

Le soldat tunisien à la cuisse blessée s'avança et poussa l'homme qui avait parlé. Il tomba par terre, les deux autres s'éloignèrent, effrayés. Les soldats entrèrent dans le cinéma en jetant leurs tickets au sol. Ils s'installèrent pour regarder le film, une romance américaine sur fond de Première Guerre mondiale. Ils n'enlevèrent pas leurs manteaux et, la mine tendue, restèrent sur le qui-vive. Tarek se gratta la paume de la main, sa peau chauffait, il la devinait rouge, et plus il grattait, plus la sensation de chaleur s'étendait au reste de son corps, se diffusait dans ses bras, son torse, atteignant son visage. De seconde en seconde, la chaleur s'amplifiait, non pas de colère mais de honte, et cela ne faisait qu'accentuer sa rage. « Pourquoi ai-je honte alors que ce sont ces hommes qui se comportent tels des brutes ? »

Pour occuper ses mains, il se mit à triturer le bras de son fauteuil, là où le temps et l'usure avaient fait apparaître un léger accroc comme une plaie béante. Tarek arracha un bout de la mousse qui s'en échappait, elle était douce, légèrement rugueuse, du même jaune que les fleurs sauvages qui poussaient dans les plaines d'El Zahra. Il la malaxa entre l'index et le pouce, en fit une boule qu'il aplatissait et remodelait encore et encore. Soudain, elle lui échappa des mains et tomba sous un siège. Il se baissa et la chercha en tapant le sol avec le plat de sa main. Le soldat assis à ses côtés lui demanda ce qu'il faisait et Tarek le lui expliqua en chuchotant. Le mot circula et tous les hommes s'accroupirent. Un soldat marocain retrouva la boule de mousse, elle passa de main en main jusqu'à Tarek qui la remit dans le bras du fauteuil, inquiet à l'idée que cela puisse créer des problèmes à la jeune fille au ruban jaune.

Le film terminé, les hommes remontèrent la rue, passèrent devant un bureau de tabac où une note leur en interdisait désormais l'entrée. Un soldat algérien pesta en arabe. À l'approche de la caserne, une sorte de clameur leur parvint. Un camion de l'armée était empêché de passer par des habitants massés tout autour. Une trentaine de soldats nord-africains en descendirent sous les applaudissements d'autres soldats et le regard désapprobateur des Versaillais. Le dernier homme à en sortir était chétif, l'uniforme bien trop grand pour lui et il faillit trébucher en sautant du camion. Tarek poussa un cri de joie qui fit redresser la tête du soldat. L'homme reconnut son ami. Un sourire hésitant éclaira un instant son visage marqué par la guerre. Tarek se précipita, joua des coudes pour se frayer un chemin et prit son ami, son frère, dans les bras. Il fixa avec intensité les yeux de Saïd, l'inspecta de haut en bas, heureux de le retrouver vivant malgré la bouche qui tremblait, les cheveux coupés ras et sans doute les marques de la guerre sur le corps qu'il devinait. Trop émus pour parler, les deux camarades ne se dirent pas un mot et se reprirent dans les bras mais l'accolade fut courte. De nombreux hommes et femmes les entouraient à présent, le visage fermé.

Les soldats qui descendaient du camion voyaient les mines sombres et ne comprenaient pas ce qui se passait. Tarek tenta d'entraîner Saïd au loin mais ils étaient encerclés. Et l'espace d'un instant, ces visages pleins de colère, ces mains qui tremblaient de rage, ces yeux dont il pouvait deviner le dégoût, rappelèrent à Tarek l'attitude des gens de son village, après que Leïla eut quitté son mari.

Alerté par le vacarme, le sergent sortit de la caserne à son tour et tenta de faire évacuer la foule.

– Allons messieurs, mesdames, ces soldats ont combattu pour vous ! Un peu de calme, s'il vous plaît, laissez-les rentrer.

Deux gendarmes arrivèrent accompagnés des trois hommes qui barraient plus tôt l'entrée du cinéma. Ils leur demandèrent d'identifier les types qui les avaient bousculés. Un lourd silence se fit. Les hommes passèrent en revue les soldats, les détaillèrent longuement, si longuement qu'il y eut quelques ricanements. Ils furent incapables de les reconnaître et l'un d'eux finit par bredouiller, dépité :

– C'est qu'ils se ressemblent tous !

La gendarmerie demanda aux Versaillais de s'éloigner. Ces derniers firent vaguement un pas en arrière. Les forces de l'ordre, un peu dépassées, examinèrent les soldats. Un gendarme en choisit trois au hasard dont Saïd, à qui il fit signe de le suivre. Tarek tenta de retenir son ami mais celui-ci fut embarqué avec les deux autres. Furieux, les soldats se mirent à crier en brandissant le poing. Le sergent exigea le calme. Il alla échanger quelques paroles avec la gendarmerie et revint auprès de ses hommes, le visage rouge de colère.

– Ils les emmènent à la prison du Cherche-Midi à Paris. Je vais prévenir mes supérieurs. On va les faire libérer, la gendarmerie n'a pas à se mêler des affaires militaires. Rentrez à la caserne et n'en sortez pas.

*

Tarek et deux cents autres soldats restèrent éveillés toute la nuit. À l'aube, vêtus de leurs uniformes, armés de mitraillettes, fusils, couteaux et gourdins, ils quittèrent la caserne et envahirent le quartier Saint-Louis. La moitié des hommes continua rue d'Anjou et attaqua l'école de gendarmerie où ils prirent en otage un capitaine et une quinzaine de gendarmes. Un lieutenant qui passait par là les aperçut et tenta de leur tirer dessus mais il glissa et fut également fait prisonnier. Une Jeep s'arrêta à leur niveau. Un soldat américain ouvrit la portière et leur donna cinq mitraillettes supplémentaires. Tarek trépignait, il voulait aller à la prison du Cherche-Midi et faire libérer Saïd, mais les autres souhaitaient négocier. C'était une chose de prendre Versailles, une autre de marcher sur Paris.

Leur sergent, prévenu par des élus, tenta de les raisonner :

– Je comprends votre colère, je sais que cette guerre fut difficile et la France…

Il ne réussit pas à terminer sa phrase, les soldats le huèrent. Il leva les mains dans un signe d'apaisement et reprit :

– Vous ne pouvez pas faire ça. C'est un acte de mutinerie, c'est la cour martiale qui vous attend.

Tarek cria :

– Les otages contre nos frères !

Sur pression de l'armée, la gendarmerie accepta et promit de faire relâcher les soldats nord-africains mais Tarek n'eut pas le temps de revoir Saïd : les deux cents soldats responsables de la mutinerie furent embarqués dans un train pour le sud de la France puis expulsés vers l'Algérie. Saïd, lui, quitta la prison et fut cantonné dans une autre caserne.

Une semaine plus tard, il alla boire un café au Petit Chez-soi, rue Philippe-de-Dangeau. À peine assis, un groupe de douze gendarmes entrèrent et l'embarquèrent ainsi que trois autres Nord-Africains attablés au comptoir.

*

Dans une lettre datée du 19 décembre 1944 et adressée au secrétaire général de la police à Versailles, le commissaire central écrit : « Cette rafle qui a certainement produit un excellent effet sur la population a permis à l'autorité de rehausser son prestige qui pouvait paraître diminué à la suite des incidents survenus dans la journée du 13 décembre courant. Elle pourrait être utilement renouvelée dans une dizaine de jours. »

*

Le 24 décembre 1944, Tarek rentra à El Zahra. Sur son passage, les fenêtres s'ouvraient et les femmes poussaient des youyous.

Comme un jour sans fin

Le soir même de son retour, Tarek rendit visite à Safia. Il se sentit gêné en entrant dans la petite maison qui lui sembla minuscule. Il se trouvait trop grand, un peu gauche, à tel point qu'il avait l'impression de pénétrer dans une maison de poupée. Il avait vingt-deux ans et dépassait en taille tous les hommes du village. Dès qu'il arrivait quelque part, il occupait tout l'espace alors même qu'il n'espérait qu'une chose, que personne ne fasse attention à lui.

Safia l'accueillit avec un grand sourire et l'embrassa comme un fils. Tarek la trouva vieillie. Ses cheveux avaient blanchi et elle portait une robe trouée aux couleurs fanées. Elle était assise sur le banc devant sa table et peignait en rouge l'une de ses poteries. Elle tenait son pinceau de la main gauche et Tarek se rappela qu'une rumeur courait dans le village à ce sujet. Certains murmuraient que Safia avait pactisé avec le diable et que c'était ainsi qu'elle avait découvert les secrets des villageois. La table était surchargée de peintures, de gros pots, d'outils et de journaux que la vieille femme utilisait pour emballer les objets qu'elle fabriquait et qu'elle vendait sur les marchés.

Pendant que Safia lui préparait une tisane de sa composition, Tarek lut la rubrique *État civil* de la commune dans le journal de la semaine précédente : « Naissance : 2 indigènes. Décès : Louis Jean, 43 ans, et 3 indigènes. Mariages indigènes : 4. »

La vieille dame posa deux tasses sur la table avant de s'asseoir en face de Tarek. Ses yeux bleus scrutèrent le jeune homme.

– Quand es-tu arrivé ?

– Aujourd'hui.

– Et te voilà déjà chez moi. Tu me flattes !

– Tu es comme une mère pour moi, Safia.

– Et c'est parce que je suis comme une mère que je devine que tu ne viens pas seulement pour me voir.

– Tu as toujours été la plus intelligente de nous tous dans ce village. Tu devrais le diriger.

– Je ne suis qu'une vieille femme qui fabrique des poteries, mon enfant.

– Et qui écoute aux portes, et qui devine les pensées.

– Tu as la langue bien pendue. La guerre t'a changé.

– Tu te trompes, je suis resté le même.

– Comment c'était là-bas ?

– C'était comme un jour sans fin qui aura duré trois ans.

– Saïd ?

– Il va bien. Nous nous sommes retrouvés à la fin. Il a été arrêté par erreur mais sera sans doute relâché sous peu. J'ai fait ce que j'ai pu pour lui mais…

– Tu as toujours été généreux avec lui.

– C'est mon frère.

– Non, c'est *comme* ton frère. Mais ce n'est pas vraiment de lui ou de la guerre que tu veux parler ?

– Tu as raison.

Safia sourit.

– Elle ne s'est pas remariée.

– Qui ?

– Leïla, j'imagine que c'est de cela qu'il s'agit.

– Sorcière.

– Je vous voyais quand vous aviez environ cinq ans. Toujours fourrés ensemble. À courir partout au milieu des bêtes. J'ai de bons yeux, tu sais !

– Comment va-t-elle ?

– Ces trois années n'ont pas été faciles pour le village. Tous les hommes en âge de se battre ont été réquisitionnés par l'armée, il ne restait plus que les femmes, les enfants et les vieillards. Son père est mort. Sa mère est toujours en vie mais elle est bien diminuée. Leïla a dû beaucoup travailler pour trouver de quoi nourrir sa mère et son fils. Il a six ans déjà. C'est un joli garçon, un peu timide, comment pourrait-il ne pas l'être avec une mère pareille. Oh, ne me jette pas un regard aussi sombre, j'aime Leïla, mais le bon Dieu s'est trompé d'époque pour elle. Ou de pays, va savoir !

– Je veux l'épouser.

– Je sais.

– Crois-tu qu'elle acceptera ?

– Je l'ignore. Elle a changé. Elle est devenue dure, plus dure même qu'après son divorce.

– Comment as-tu fait pour convaincre les sages du village lorsqu'elle a quitté son mari ? Je ne l'ai jamais su.

– Je leur ai dit qu'il y avait là une jeune fille qu'on avait fiancée à quatorze ans à un homme de cinquante ans, que ce n'était pas un homme bon et qu'il était même mauvais, que nous le savions tous et que nous avions lâchement fermé les yeux lorsque son père avait souhaité la marier. Que si Leïla n'était plus acceptée nulle part, ma maison lui serait ouverte et deviendrait un refuge pour elle et qu'il faudrait me passer sur le corps pour l'emmener. Et j'ai promis qu'elle reprendrait mari. Qu'en attendant, il fallait la laisser tranquille. Que sinon, c'était sa mort que nous aurions sur la conscience.

Safia but une gorgée de sa tisane, les yeux embrumés. Elle eut l'air pensive. Tarek s'agita sur le banc et elle reprit :

– Ah, les sages, ils ont toujours été pleutres, mais tu les verrais aujourd'hui ! Drapés de laine grise, sous les arbres secs et les figuiers aux branches vides à ressasser de vieilles histoires ! Enfin, pour ceux qui ont survécu. Mais ils ne font plus les fiers. Ils n'ont pas pu empêcher l'armée de prendre les hommes vaillants et n'ont pas réussi à convaincre l'administration française d'aider le village quand on mourait de faim. Oh, mais je vois que je t'ennuie avec mes histoires !

– Crois-tu qu'elle acceptera ma demande ? répéta Tarek.

– Il n'y a qu'elle qui peut répondre à cette question. Puisque tu es décidé, préviens ta mère que nous irons demain parler à Leïla.

*

À quatre heures de l'après-midi, le lendemain, Safia, accompagnée de la mère de Tarek, alla toquer à la porte de la maison de Leïla. Perché sur son arbre, le jeune homme les avait observées entrer dans la maison. Une heure plus tard, elles sortirent, raccompagnées par Leïla et son fils. Les trois femmes s'embrassèrent. Tarek sauta de l'arbre et attendit. Sa mère arriva et l'embrassa en pleurant. Il comprit que Leïla avait dit oui.

Safia le lui confirma et lui indiqua ses conditions : Tarek devrait élever le fils de Leïla comme le sien, le père de l'enfant ayant disparu. La future mariée voulait sa maison à elle. Enfin, dans la dot, elle exigeait une robe qui ne serait pas cousue par une couturière du village mais achetée dans une boutique française à Alger. Elle tenait à porter une robe en soie neuve confectionnée à Paris. Tarek fut heureux d'accepter ces exigences qui lui parurent raisonnables et de son côté n'émit qu'une demande : il souhaitait patienter jusqu'au retour de Saïd pour célébrer le mariage. Safia promit d'aller dès le lendemain annoncer la nouvelle à Leïla.

La mère de Tarek se coucha un peu émue de cette journée, de ce fils rentré de la guerre sain et sauf, de cette belle-fille à venir, de son enfant qui bientôt peut-être serait son petit-fils. Elle s'imagina l'emmener avec elle se promener dans les sentiers qu'elle seule connaissait et s'endormit, apaisée.

*

Durant des mois, Tarek envoya de nombreux télégrammes à Saïd demeuré à Paris où il avait fini par être libéré, pour lui demander de venir au plus vite, mais il ne reçut aucune réponse. Il tenta d'obtenir des explications auprès du père de son ami, mais l'imam se borna à répondre que son fils voyageait, et qu'il ne rentrerait pas de sitôt.

Début juin, Safia alla trouver Tarek qui avait repris son métier de berger et le houspilla. Leïla attendait. Quel genre d'homme était-il pour faire patienter une femme comme elle ? Safia s'était-elle trompée sur son compte ? Non ? Alors, il était temps d'aller à Alger acheter la robe voulue par sa fiancée, de réunir les sages et les proches, de préparer un couscous et de pousser les youyous d'usage pour faire savoir à tous qu'union il y avait. Tarek protesta mollement : et Saïd ? Safia haussa les épaules. Si Saïd était un vrai ami, il serait déjà venu, il aurait écrit.

Les préparatifs de la fête furent lancés.

Le 27 septembre 1945, Tarek et Leïla se marièrent. Un an plus tard, la jeune femme tomba enceinte et leur première fille naquit en 1947.

Si Dieu veut

Une fille en 1947 et une deuxième en 1955. Pour cette dernière, Tarek n'était pas présent.

Pour avoir donné des cours d'arabe à la mosquée, le père de Saïd fut arrêté par la police suite à une dénonciation anonyme. Tarek et les autres hommes du village tentèrent de convaincre les policiers de ne pas traîner le vieil homme en prison mais ils écopèrent de coups violents. Une bagarre éclata et un policier fut blessé. Tous les hommes impliqués étaient recherchés et Tarek, après s'être caché dans les montagnes, rejoignit la capitale et se réfugia dans la Casbah secouée par la bataille d'Alger. Trois jours après son arrivée, une bombe explosa en pleine nuit, rue de Thèbes, à quelques mètres de l'endroit où il dormait. Il crut que c'était son propre cœur qui éclatait et se réveilla en hurlant. Malgré le couvre-feu imposé aux indigènes, il se précipita dans la rue. L'immeuble voisin n'était plus qu'une ruine.

Il passa les heures suivantes à aider les habitants à sortir les corps et à secourir des survivants. Le soir venu, Tarek fut incapable de s'endormir. Il n'avait pas voulu compter les morts mais le chiffre de quatre-vingts ne cessait de s'imposer à lui, et même après avoir fermé la fenêtre pour ne plus entendre les lamentations des femmes, la poussière qu'il avait sur lui témoignait du drame de ces dernières heures. Il pensa à Leïla. À la façon dont elle lui prenait la main le soir quand ils sortaient ensemble dans le jardin pour admirer les étoiles, à son parfum qu'il sentait à plein nez lorsqu'il l'embrassait, ce n'était pas un vrai parfum, lui avait-elle confié, elle se contentait de vaporiser quelques gouttes d'eau de fleur d'oranger.

Il imagina Leïla allongée à côté de lui et il se sentit mieux.

*

Dans la Casbah, le bruit courait que Yacef Saâdi, ancien boulanger, jeune et charismatique chef de zone du FLN, avait juré de venger les morts de la rue de Thèbes.

*

En mars 1957, Tarek trouva un emploi comme docker au port et rallia le FLN. En dehors de l'homme qui lui transmettait des ordres, il ne connaissait personne de l'organisation. « Pour éviter les bavardages. »

Ce fut à la radio, alors qu'il se débarbouillait après sa journée de travail, que Tarek apprit la mort de Larbi Ben M'hidi, l'un des chefs du FLN, maquillée en suicide par l'armée française. Aux fenêtres et sur les terrasses de la Casbah, devant les portes et dans les rues, les femmes poussèrent des youyous.

Tarek se rinça le visage et l'examina dans le petit miroir fixé au-dessus de l'évier. Il vit dans ses yeux que le démon était revenu l'habiter.

*

En août 1957, Tarek fut envoyé dans un hôtel du centre-ville. Une Française aux cheveux noirs et bouclés l'attendait. Il lui tendit un sac qui lui avait été confié par un homme du FLN. La femme monta dans sa chambre et redescendit recouverte d'un haïk. Tarek la fit entrer dans la Casbah dont l'accès était surveillé par des militaires.

Germaine Tillion était à Alger pour enquêter sur les conditions de détention des Algériens au nom de la Commission internationale contre le régime concentrationnaire. Yacef Saâdi, qui avait constitué un dossier sur la torture pratiquée par l'armée française, lui proposa de passer la nuit dans une maison de la Casbah pour qu'elle puisse entendre, à l'aube, les hurlements des prisonniers torturés dans les prisons alentour.

L'ethnologue passa un marché avec le jeune chef du FLN : « Arrêtez de poser des bombes qui tuent des Européens dans des cafés, et je me charge de négocier l'arrêt des condamnations à mort. Qu'on cesse de faire couler le sang des deux côtés. » Yacef accepta.

L'ethnologue quitta l'Algérie et se rendit chez de Gaulle qui, après l'échec des élections locales de 1953, s'était retiré en Haute-Marne. Il lui fit une promesse : « Si Dieu veut que je reprenne du service, je m'occuperai sérieusement de cette affaire. »

Dieu voudra.

*

En attendant, Tarek était de nouveau dans la guerre. Il se mit à écouter *La Voix des Arabes* à la radio égyptienne et les émissions patriotiques diffusées par la radio tunisienne. En rentrant de sa journée de travail, il passait devant les cafés où les Européens buvaient l'anisette en se déhanchant sur les chansons du groupe belge les Chakachas, et il ralentissait le pas pour écouter la musique.

Dans la Casbah, le soir, les hommes discutaient, s'interrogeaient, se coupaient la parole pour évoquer la guerre et Tarek parfois ne savait plus de quelle guerre il s'agissait, de celle qui les avait conduits en France et en Allemagne ou de celle qu'ils étaient en train de mener jour après jour.

Tarek parlait peu. L'économie des mots, toujours. Si sa mère vivait sans parole, il devait bien pouvoir faire de même. La seule avec qui il souhaitait discuter, c'était Leïla. Il aurait aimé lui écrire mais sa femme ne savait ni lire ni écrire. Il devait se contenter de noter, parfois avant de se coucher, sur un carnet qu'il gardait dans sa poche, des mots comme des pense-bêtes pour se souvenir et tout lui raconter le jour où ils seraient de nouveau ensemble. Il lui arrivait de le feuilleter et d'y retrouver des notes sur lesquelles étaient griffonnés des mots tels que *boîte d'allumettes*, *veste en fourrure*, *automobile rouge*, et de ne pas se souvenir quelle histoire, quelle anecdote il avait eu envie de retenir en marquant ces mots, et il se maudissait de ne pas avoir pris le temps de rédiger des phrases complètes.

Dans les grandes maisons de la Casbah, Tarek dînait donc en silence, néanmoins son silence jamais n'indisposait, jamais ne gênait les autres et il en était soulagé.

C'était un silence qui écoutait, qui approuvait, qui en redemandait, qui entourait. C'était un silence qui disait : je suis là, je suis votre frère, j'ai les mêmes cicatrices, j'ai vécu les mêmes histoires de régiment en Europe, je vis le même espoir fou d'indépendance. Je suis comme vous, je vous écoute mais je ne parle pas car mes mots, je les économise, je les soupèse avant de les utiliser, je les scrute avec humilité, je les réserve pour ma femme. Les mots, j'ai grandi sans eux, ils ne sont pas des amis mais de simples connaissances et je suis toujours un peu gêné de faire appel à eux.

Mais si Tarek parlait peu avec les autres, il entonnait toujours volontiers le refrain de la très populaire chanson égyptienne *Ya Mustapha* : « chérie, je t'aime, chérie je t'adore ». Et en chantant, il pensait d'abord à Leïla et aux enfants mais aussi à l'espoir que la fin des combats marquerait les retrouvailles avec Saïd.

*

De maison en maison, les informations concernant la révolution algérienne circulaient sous le manteau. Tarek apprit ainsi qu'à Paris, les autorités commençaient à s'inquiéter sérieusement de l'ampleur du mouvement indépendantiste algérien. Le ministère de l'Intérieur lança la création des foyers de travailleurs migrants dédiés spécialement aux ouvriers maghrébins et surveillés par des officiers retraités ayant servi en Algérie, en Tunisie ou au Maroc.

À New York, une délégation algérienne s'activait auprès de l'ONU pour imposer la question de l'indépendance.

Des discussions secrètes avaient lieu avec les Américains, au grand dam de la France qui ne cessait de rappeler qu'il s'agissait là d'une *affaire interne.*

*

En 1961, à la veille de l'indépendance, Tarek quitta Alger après l'arrestation et la condamnation à mort de Yacef Saâdi. Il rejoignit les combattants dans les Aurès où il retrouva le fils de Leïla qui avait lui aussi pris les armes.

*

À Washington, Frantz Fanon, âgé de trente-six ans, était en train de mourir d'une leucémie dans un hôpital américain. Son livre *Les Damnés de la terre* avait été interdit en France. Le psychiatre martiniquais confia à l'une de ses amies algériennes : « Ce n'est pas une mauvaise chose de mourir pour son pays. »

Mais Yacef Saâdi n'aura pas à mourir. De Gaulle revint au pouvoir et les condamnations à mort furent commuées en peines de prison, le temps de sortir du « bourbier algérien ».

*

Au milieu du mois de février 1962, aux Rousses, dans une station de ski du Jura, à la frontière suisse, le ministre des Affaires algériennes, Louis Joxe, accompagné d'experts et d'une quinzaine de policiers armés de mitraillettes, occupa le « Yéti », un grand chalet en bois. Pendant une dizaine de jours, dans le plus grand secret, les représentants de la France et du Gouvernement provisoire de la République algérienne discutèrent des futurs accords d'Évian. Les hommes de la délégation algérienne passaient tous les matins la frontière suisse vêtus de combinaisons, au volant d'une voiture sur le toit de laquelle ils avaient fixé des skis pour brouiller les pistes. Les volets clos, dans un nuage de fumée de cigarettes, l'avenir de l'Algérie et par ricochet celui de la France furent scellés.

*

Vingt jours avant l'indépendance, alors que trois bombes au phosphore déposées par des partisans de l'Algérie française faisaient exploser la bibliothèque de l'université d'Alger, réduisant en cendres un demi-million de livres et de manuscrits, Tarek ouvrit le portail de la maison d'El Zahra et retrouva Leïla.

Adieu la France, Bonjour l'Algérie

Tarek fêta l'indépendance de son pays avec sa femme et leurs enfants dans la ville la plus proche d'El Zahra. Leïla s'accrochait au bras de son mari, fière et amoureuse.

Des petits garçons vêtus de shorts verts et de chemisettes blanches saluaient les foules, perchés sur les épaules de leurs pères. Les filles de Leïla et de Tarek, âgées de six et quinze ans, habillées de robes vertes et coiffées de bérêts rouges, agitaient des drapeaux en prenant la pose devant des photographes de presse venus du monde entier. Tarek ne cessait d'admirer sa femme. Il ne l'avait jamais vue aussi belle : âgée de trente-neuf ans, vêtue d'une robe jaune, de sandales blanches à talon, les cheveux attachés avec une barrette rouge, le visage rayonnant de bonheur, elle chantait, tapait des mains et serrait dans ses bras son fils revenu lui aussi vivant de la guerre.

« Quoi qu'il se passe désormais, pensa Tarek au milieu de la liesse, j'aurai vécu ce moment incroyable où mon pays s'est libéré de ses chaînes et cela me portera pour le reste de ma vie. »

Sa joie n'effaçait pas totalement la peine qu'il éprouvait : deux jours avant son retour, sa mère était morte dans son sommeil, sans déranger personne. Leïla l'avait trouvée au petit matin. Tarek tentait de se réconforter en pensant qu'elle avait au moins assez vécu pour savoir que l'Algérie allait recouvrer son indépendance. Et puis, il avait Leïla, les enfants, et Safia était toujours là.

*

Le 27 septembre, Tarek et Leïla apprirent par la radio qu'Ahmed Ben Bella avait été proclamé président de la République. Tarek maugréa « sur la pression de l'armée conduite par Houari Boumédiène », mais Leïla le somma de cesser d'être aussi pessimiste.

Deux ans plus tard, le couple fut obligé d'admettre qu'on ne pouvait pas vivre de drapeaux, de chants nationalistes et d'espoir. Et d'ailleurs l'espoir s'amenuisait. Tarek s'était senti trahi quand il avait appris par un communiqué de presse publié dans le journal que Mohamed Boudiaf, leader du Parti de la révolution socialiste, était condamné à mort. L'ancien chef du FLN croupissait dans une prison. Tarek avait affirmé à Leïla : « La fête est terminée », mais sa femme n'était pas d'accord. Les Français étaient partis, le reste allait se mettre en ordre, il fallait du temps, voilà tout. Il avait fait remarquer que le temps était un luxe qu'ils n'avaient pas. Il lui fallait trouver un emploi solide. Il y avait les filles qui grandissaient, la maison en travaux, et Leïla qui était de nouveau enceinte. Elle le supplia de ne pas imiter les autres hommes du village, tous partis travailler dans des usines en France. Safia lui suggéra de se faire reconnaître comme moudjahid pour pouvoir bénéficier d'une pension mais Tarek refusa. Il avait quarante-deux ans et pouvait chercher du travail. Il décida de tenter sa chance à Alger.

*

Le jour du départ de son mari, Leïla se réveilla à l'aube. Elle lui prépara un café qu'elle lui servit avec un morceau de galette et des dattes. Elle l'accompagna jusqu'à la porte et retint ses larmes. Tarek vérifia que personne ne pouvait les apercevoir et la prit dans ses bras. Pendant qu'il l'embrassait, il sentit qu'elle glissait quelque chose dans la poche de son pantalon. Sur le chemin de la gare, il s'en souvint. C'était un mouchoir de soie blanche qu'elle avait coupé dans la doublure de sa robe de mariée et sur lequel elle avait brodé un arbre. Il le huma : elle l'avait aspergé d'eau de fleur d'oranger.

Il arriva dans une ville bouillonnante et, de la gare jusqu'à la Casbah où il avait loué une chambre, il croisa ce qu'il pensa être des communistes aux cheveux longs et des artistes à la coupe afro qui chantaient une guitare à la main. Les minijupes côtoyaient les pattes d'éléphant.

De la terrasse de sa chambre, Tarek pouvait voir la mer au loin, elle brillait sous le soleil clair du mois de décembre. Il n'attendit pas pour chercher du travail. À peine sa valise défaite, il sortit se renseigner. Le premier café où il s'arrêta était bondé. Toutes les tables étaient prises par des hommes en train de boire ou de manger en parlant fort, très excités. Le comptoir était lui aussi occupé. Tarek questionna le patron :

– Qu'est-ce qui se passe ? Tous les Algérois se sont donné rendez-vous chez toi ?

– Tu n'es pas au courant ? Ah, toi, tu arrives de loin, ça se voit !

– Au courant de quoi ?

– Monsieur Pontecorvo, le grand réalisateur italien, s'est associé à notre héros Yacef Saâdi pour faire un film sur la bataille d'Alger et il va le tourner ici ! Tout ce monde est là pour trouver du travail.

– Il a besoin de beaucoup d'hommes ?

– Et de femmes et d'enfants ! Il a fait le tour des maisons de la Casbah. Il veut tous nous faire jouer dans le film. Yacef a obtenu paraît-il trois cents millions de la part du président Ben Bella, il est revenu avec un couffin plein de billets. Tiens, tu peux descendre la rue, plus bas, il a affiché la liste des rôles sur un mur.

– Ah, non, moi ça ne m'intéresse pas de jouer l'acteur, je cherche un vrai travail !

– Tu veux faire quoi ?

– N'importe quoi qui permet à un homme de gagner honnêtement sa vie !

– Acteur, ce n'est pas assez bien pour toi ?

– C'est un travail pour les célibataires et les riches, et moi je ne suis rien de cela. Je n'ai pas le temps de jouer à l'acteur. Tu ne connais pas quelqu'un qui cherche un ouvrier ?

– Va voir Pontecorvo, il engage du monde pour fabriquer les décors.

– Où est-ce que je le trouve, ton Pontecorvo ?

Le patron du café éclata de rire.

– Mais tu n'as qu'à marcher tout droit, tu ne peux pas le rater, il est partout !

Tarek le remercia et explora les rues de la Casbah. Bientôt, il aperçut un attroupement formé autour de deux hommes en pleine dispute, chacun traitant l'autre d'entêté. Il reconnut, amusé, Yacef Saâdi au centre et devina que le deuxième individu était le réalisateur italien dont tout le monde parlait. Ils finirent par se calmer et ce qui devait être un assistant âgé d'une trentaine d'années aboya dans un mégaphone :

– Que tous ceux qui ont pris part à la bataille d'Alger se mettent sur le trottoir de droite et sortent leurs cartes d'identité. Les autres, vous pouvez rentrer chez vous, on vous fera chercher pour des rôles de figurants si on en manque. Et pas de mensonge, Yacef saura démasquer les menteurs et les fourbes.

Un jeune garçon protesta et tenta de plaider sa cause auprès de l'assistant :

– Mais moi je n'étais qu'un enfant à l'époque ! Je suis sorti manifester avec mon père et…

L'assistant le coupa :

– Fiche le camp, tu vois bien que vous êtes trop nombreux.

Tarek se posta sur le trottoir de droite. Le lendemain, il débutait comme homme à tout faire. Durant deux ans, il fut technicien, monteur de décors et chauffeur. Il ne rentra au village que pour la naissance de ses filles, des jumelles nées au milieu de la nuit avec l'aide de Safia. L'une était un gros et grand bébé brun tandis que l'autre était minuscule et toute rose. Tarek, lorsqu'il les vit pour la première fois, ne put s'empêcher de penser : « Elles sont aussi différentes l'une de l'autre que nous l'étions Saïd et moi. »

*

Il n'était jamais venu à l'esprit de Tarek qu'il fallait autant de monde pour assurer la réalisation d'un film. Pontecorvo ne voulait aucune image d'archives et les cameramen devaient filmer caméra sur l'épaule à cause de l'étroitesse des rues de la Casbah. Tarek travaillait dur pour reconstruire des façades qui, il le savait, seraient ensuite détruites pour les besoins du scénario. Et cette reconstitution que suivrait une destruction le bouleversait. Les décors étaient si réalistes qu'il avait eu peur par moments de ne pas y arriver, d'être incapable de revivre aussi vite, aussi tôt, la guerre. La nuit, il faisait des cauchemars dont il peinait à se souvenir et se jurait lors de brefs moments de lucidité qu'il quitterait le tournage dès le lendemain matin, mais à peine le soleil était-il levé que sa décision lui paraissait absurde et ridicule, et il retournait travailler dans la Casbah, fabriquant, détruisant, s'interrogeant parfois en contemplant certaines maisons aux façades lézardées, ne se souvenant plus si elles avaient été abîmées par l'armée française ou par Pontecorvo, si c'était du cinéma ou la simple réalité.

*

Un seul acteur professionnel fut recruté. Jean Martin était un comédien de théâtre, qui depuis qu'il avait signé le Manifeste des 121 sur le droit à l'insoumission, avait perdu son travail à la radio. Il rencontra Pontecorvo dans un café en plein centre de Paris. Le réalisateur lui avait apporté une tenue de para qu'il lui demanda d'aller enfiler dans les toilettes. Il voulait le voir déambuler dans les rues. L'homme lui plut, il fut aussitôt engagé.

*

Yacef Saâdi imposa de jouer lui-même son propre rôle, et pour le reste, le réalisateur monta dans une fourgonnette blanche conduite par Tarek à qui il demanda de l'emmener dans les endroits les plus bondés de la ville. Accompagné de Yacef, il fouilla les maisons, les souks, les cafés, le port et les auberges de jeunesse, à la recherche de ses futurs acteurs.

Dans un marché de fruits et légumes, il tomba sur un paysan illettré qui lui fit grande impression. Pontecorvo, enthousiaste, le prit par l'épaule et lui proposa le rôle d'Ali la Pointe, le bras droit de Yacef Saâdi. Le jeune homme, qui n'avait rien demandé, resta éberlué face à cet Italien qui racontait tout le déroulé de son film aux vendeurs, entre les étals de poissons et de pommes de terre.

Sur le chemin du retour, installé sur le siège arrière, Yacef fit remarquer à Pontecorvo, assis devant :

– Ce jeune garçon est illettré, il ne pourra même pas lire le script !

Le réalisateur haussa les épaules :

– Avec une gueule pareille, il n'a pas besoin de savoir lire. Il sera parfait, faites-moi confiance.

*

Le 19 juin 1965, à cinq jours du début du tournage, Tarek préparait les derniers décors aux abords de la Casbah quand, vers quatre heures de l'après-midi, l'équipe d'assistants et d'ouvriers vit surgir des chars qui stationnèrent aux alentours. L'assistant se gratta la tête, étonné. Il demanda à Tarek de lui apporter le planning et marmonna en le consultant :

– Je ne comprends pas, c'est quoi ce bordel ? Qui a demandé qu'on amène les chars aujourd'hui ? On ne tourne pas cette scène avant des semaines.

Intrigués, des passants s'arrêtèrent et une petite foule se forma, mais des militaires arrivèrent en criant :

– Circulez, ce n'est rien, c'est le tournage du film *La Bataille d'Alger* !

L'assistant s'énerva :

– Absolument pas ! Vous voyez bien qu'il n'y a pas de caméras !

Mais Tarek, qui s'était approché des chars et les avait examinés, blêmit. Il entraîna l'assistant à l'écart et lui chuchota à l'oreille :

– Ce ne sont pas nos chars. Ils sont russes ceux-là, les nôtres sont français. Il faut dire à l'équipe de rentrer et de se planquer, il se passe quelque chose de grave.

L'assistant pâlit et se tapa la tête contre un mur avant d'approuver :

– Embarque le matériel et ramène tout le monde. Dis-leur de ne pas bouger, on viendra les chercher quand on en saura plus. Je cours prévenir Yacef et Pontecorvo.

Rentré chez lui, Tarek alluma la radio. Une musique militaire résonna, suivie d'un communiqué lu par Houari Boumédiène : « La mystification, l'aventurisme et le charlatanisme politique ainsi démasqués, Ben Bella, en subissant le sort réservé par l'histoire à tous les despotes, aura compris que nul n'a le droit d'humilier la nation, de prendre la générosité de notre peuple pour de l'inconscience ni d'usurper d'une façon indécente la caution politique de ses hôtes illustres pour faire avaliser son inqualifiable forfait et sa haute trahison. Peuple algérien, l'héritage déjà lourd de la longue période coloniale et de huit années de souffrances se trouve aujourd'hui très sérieusement aggravé par le règne du laisser-aller, la déliquescence de l'État et l'optimisme béat. Si la situation n'est pas irréversiblement catastrophique, elle n'en demeure pas moins angoissante. Notre pays, combien de fois mis à l'épreuve, nous impose une fois de plus de nous hisser individuellement et collectivement au niveau de nos responsabilités historiques, pour que triomphe à jamais la Révolution. Houari Boumédiène. »

Tarek resta l'oreille collée à la radio toute la journée. Il se rendit à la mosquée pour la prière du soir en rasant les murs, anxieux, mais dans la rue, il ne remarqua rien d'inhabituel. C'était le mois de juin et la chaleur était suffocante. Un groupe d'adolescentes rentrait de la plage, bronzées, les cheveux encore mouillés, le visage marqué par le soleil et le sel marin. Trois femmes vêtues de robes décolletées, boutonnées dans le dos, qui dégustaient des glaces à une terrasse, lui sourirent. Des enfants jouaient au ballon. Des chats allongés sur des murs, repus, profitaient des derniers rayons du soleil. Tarek se demanda s'il avait bien compris le communiqué de la radio : Ben Bella avait-il été oui ou non démis de ses fonctions ? Boumédiène était-il le nouveau président ?

À quelques mètres de la mosquée, il tomba sur des étudiants, qui, la mine déconfite, assis sur un banc, étaient en pleine discussion. Ils semblaient furieux et parlaient d'organiser une manifestation contre le coup d'État de Boumédiène. Tarek avait bien compris.

En accomplissant ses ablutions, il se souvint de cette phrase prononcée par Larbi Ben M'hidi, en pleine bataille d'Alger : « Ce n'est qu'après notre victoire que commenceront les vraies difficultés. » S'agenouillant sur le tapis, il salua la lucidité de l'homme.

Vive Ben Bella !

Le film ne fut pas interrompu et l'équipe de tournage reprit le travail. L'assistant confia à Tarek que Boumédiène préférait voir Yacef Saâdi faire du cinéma plutôt que de la politique et que le film serait une bonne manière de valoriser le combat du FLN. Pontecorvo en avait été vexé. « Je ne fais pas de la propagande, moi, je fais du cinéma ! » Yacef Saâdi l'avait calmé, l'essentiel était de pouvoir tourner.

Tarek et les autres ouvriers durent travailler deux fois plus pour rattraper le temps perdu. Il fallut aussi trouver de nouveaux acteurs. Certains d'entre eux, principalement des étudiants, avaient été embarqués par la police après avoir manifesté contre le coup d'État, mais en dehors de quelques marches, il n'y avait quasiment pas eu de débordements.

Le tournage avait replongé Tarek dans la guerre d'Algérie. Un soir, avant de se coucher, il prit une feuille de papier et rédigea une lettre pour Leïla ou Saïd, il ne savait pas s'il pensait plus à l'un ou à l'autre.

Le matin, je me réveille en sursaut. J'ai peur, très peur que l'indépendance n'ait été qu'une illusion et que la guerre continue. Quand on a filmé la scène avec la guillotine, Yacef était exalté, Pontecorvo concentré, mais nous tous, nous étions terrorisés. J'ai vu plusieurs hommes essuyer des larmes. Je suis pressé que le tournage se termine, que la France quitte l'Algérie de nouveau. Je sais qu'elle est partie il y a trois ans déjà, mais hier nous avons fait les tests des costumes et quand tous les paras français ont commencé à défiler dans la Casbah, il y a eu un horrible silence dans la rue. La bataille d'Alger, c'était hier, c'est aujourd'hui, ce sera encore demain. Oui, je suis pressé que tout cela soit terminé.

Tarek rangea la lettre dans une mallette en carton qu'il gardait cachée sous son lit et se coucha, plus serein.

*

Chaque jour, Pontecorvo devait composer avec les aléas de la production. Quand des figurants manquaient, il fallait aller les chercher chez eux ou les faire remplacer. Certaines femmes qui avaient accepté de jouer dans le film se trouvaient empêchées à la dernière minute de sortir par un père ou un frère et le réalisateur était forcé de se déplacer, accompagné de Yacef Saâdi, pour convaincre ledit père ou frère. À Saâdi, nul ne pouvait rien refuser, il était le héros de la Casbah.

Mais parfois, il n'y avait pas de remplaçant et quelqu'un dans l'équipe se dévouait. Tarek se retrouva ainsi à jouer un homme ivre qui trébuchait sur les marches de la Casbah, pourchassé par des enfants algériens, après l'interdiction du FLN de consommer de l'alcool. Tarek avait demandé aux petits de ne pas taper trop fort mais le réalisateur avait réuni les enfants et leur avait chuchoté : « Imaginez que cet homme vous a pris votre jouet préféré. » Et les mômes s'étaient déchaînés sur lui, jusqu'à ce que le réalisateur soit enfin satisfait des prises qu'il avait.

Lors d'une autre scène, où des militaires français distribuaient des friandises et du pain aux habitants de la Casbah pour se faire apprécier de la population, les enfants étaient censés refuser les bonbons mais le réalisateur eut beau faire, ils acceptaient les sucreries. Sous l'œil amusé de Yacef Saâdi, l'assistant cria :

– Mais qui a recruté ces gamins ? On aurait perdu la guerre avec des vendus pareils ! Vous auriez laissé la France chez nous pour des bonbons !

Après avoir tourné neuf fois la scène et épuisé à deux reprises la réserve de confiseries – Tarek avait dû courir en racheter –, Pontecorvo abandonna et garda la scène ainsi !

– Ce sera une belle anecdote, tenta de le réconforter Tarek, mais il n'obtint qu'un grommellement en retour.

Le réalisateur était tendu. L'après-midi était consacré au tournage de l'attentat du Milk Bar. L'une des scènes montrait un petit garçon européen en train de lécher une glace, quelques secondes avant l'explosion d'une bombe du FLN déposée par Djamila Bouhired et Zohra Drif. Cette séquence avait suscité de nombreux débats et des discussions sans fin. Yacef Saâdi avait tenté d'expliquer ses réticences : « C'est ce que font tous les journalistes et tous les écrivains, même les plus honnêtes : ils décrivent les victimes algériennes comme des ombres, sans histoire, sans chair, sans passé, et à l'inverse, ils humanisent les victimes françaises. Nous sommes des musulmans, un groupe d'individus sans visage, et eux, ce sont des hommes, des femmes et des enfants. Vous avez un biais. » Mais Pontecorvo tenait à cette scène et avait balayé les arguments de Yacef : « Pas d'angélisme. C'était une guerre, vous ne cessez de répéter que vous étiez un combattant donc il faut montrer la réalité de la guerre, et que le spectateur comprenne qu'il y avait deux armées qui s'affrontaient même si elles ne disposaient pas des mêmes moyens. » Le petit garçon qui jouait l'enfant européen avait applaudi, heureux de pouvoir passer son après-midi à lécher une glace, indifférent aux états d'âme des adultes.

Dans son carnet, ce soir-là, Tarek colla une partie du script du lendemain :

Larbi Ben M'hidi, l'un des chefs historiques du FLN, âgé de trente-quatre ans, les mains menottées, vêtu d'une veste beige, sourit aux photographes. Le colonel qui l'a arrêté lui fait remarquer qu'avec son arrestation, la guerre est terminée. Le prisonnier secoue la tête : « Un autre que moi prendra ma place. » *Il est lucide, Ben M'hidi. Il sait qu'il n'aura pas de procès. Il sourit au photographe, pour la postérité, parce qu'il a conscience sans doute depuis qu'il est tout petit que sa vie est en sursis.*

Au milieu de la nuit, des militaires viennent le chercher dans sa cellule, le colonel lui serre la main et fait présenter les armes en son honneur. En cachette, le général Aussaresses et cinq militaires le conduisent dans une ferme prêtée par un colon. Un soldat prépare une corde et lui propose un bandeau.

Ben M'hidi refuse. Le soldat, mal à l'aise face à cet homme qu'il s'apprête à pendre, balbutie qu'il ne fait qu'exécuter les ordres qu'on lui a donnés. Ben M'hidi répond, ironique : « En tant que colonel de l'armée de libération nationale algérienne, je ne connais que trop l'importance des ordres. »

Aussaresses fait un signe. On bande les yeux de Ben M'hidi, personne ne veut regarder cet homme-là en face. Il est pendu mais la corde cède et se casse. De plus en plus nerveux, les mains tremblantes, les soldats font un nouveau nœud à la corde.

*

Alors que débutait le tournage de *La Bataille d'Alger* parut aux États-Unis le livre *Les Damnés de la terre* de Frantz Fanon, qui se vendra à plus de 750 000 exemplaires en moins de dix ans. Le mouvement de contestation américain, le Black Panther Party, organisa de grandes lectures publiques de ce texte baptisé la *Black Bible.*

*

Il ne restait qu'une semaine de tournage. La scène nécessitait des milliers de figurants et la fermeture de plusieurs rues du centre-ville. Tarek était déjà allé à deux reprises à la mairie pour faire signer et tamponner les autorisations comme cela avait été convenu avec l'administration, mais personne n'accepta de le recevoir. Il observa les employés qui, mal à l'aise, détournaient le regard, et comprit qu'il y avait un problème. Il rentra chez lui en se promettant d'en parler dès le lendemain à l'assistant du réalisateur, mais il n'en eut pas l'occasion. À six heures du matin, des coups frappés à sa porte le réveillèrent. L'assistant de Pontecorvo avait déboulé chez lui, le surprenant en maillot de corps et caleçon long, le visage barbouillé de mousse à raser. Tarek le fit entrer et lui apporta un verre d'eau car l'homme était agité. Il le questionna :

– Que t'arrive-t-il ?

– La sûreté militaire veut me voir. Pourquoi moi ? Pourquoi pas Yacef ? Ou Pontecorvo ?

– Parce qu'ils n'oseraient pas avec Yacef, c'est un ancien chef du FLN, et Pontecorvo est italien !

– Viens avec moi !

– Pourquoi ?

– Tu comprends, s'il m'arrive malheur, je veux un témoin.

– S'il t'arrive malheur, il m'arrivera également malheur. Crois-tu qu'ils te feront du mal et qu'ils me laisseront partir, moi, pour que j'aille raconter partout ce qui s'est passé ?

– Tu as raison, mais ta présence me rassure. Après tout, tu as fait la guerre, et deux fois. Ils te respecteront pour ça.

Tarek ricana :

– Personne ne respecte les soldats mais d'accord, je t'accompagne, allons voir ce qu'ils nous veulent.

Deux militaires les avaient accueillis avec un café imbuvable qu'une secrétaire en jupe courte et au maquillage criard leur avait servi avant de fermer la porte derrière elle. Les quatre hommes avaient longuement échangé sur la guerre d'Algérie et ce ne fut qu'au bout de trois heures, alors que Tarek et l'assistant ne savaient plus quoi dire, quoi raconter, quoi faire, que les militaires en vinrent à parler du film. Celui qui semblait être le chef afficha un large sourire avant de déclarer :

– Nous, on est des amis des artistes, on est très heureux, très fiers qu'un aussi grand réalisateur que monsieur Pontecorvo ait décidé de s'intéresser à notre glorieuse lutte armée.

Son adjoint acquiesça :

– On est très heureux, très très heureux même. L'Italie est un grand pays, un pays ami de l'Algérie et on fera le maximum pour vous venir en aide. Mais il faut que vous nous aidiez aussi.

L'assistant sourit nerveusement :

– Bien sûr, dites-nous de quoi il s'agit.

– Vous avez l'autorisation pour reconstituer la grande grève de décembre 1961, on va sécuriser les lieux pour vous, mais à la condition que vous nous assuriez d'une chose.

– Une chose capitale !

L'assistant était de plus en plus nerveux.

– Tout ce que vous voulez, on sera heureux de vous aider !

– Il faudra simplement veiller à ce qu'aucun des figurants n'en profite pour crier « Vive Ben Bella » ou quoi que ce soit en rapport avec le redressement révolutionnaire réalisé par le colonel Houari Boumédiène.

Il y eut un silence dans la pièce. L'assistant réfléchissait :

– Écoutez, c'est impossible, il y aura environ quatre mille figurants en même temps, je ne peux pas tous les contrôler ou les surveiller !

– Soit nous avons votre parole, soit on prendra les mesures qui s'imposent. Et on arrêtera le tournage.

– Et vous avec !

Tarek jeta un coup d'œil à l'assistant qui cherchait visiblement une solution, il hésita mais finit par proposer :

– Mettez à notre disposition trois mille soldats et policiers. Ils joueront les grévistes algériens ou des militaires français qui paradent. Ils encadreront ainsi les mille autres figurants et il n'y aura pas de problème.

L'assistant bondit de sa chaise :

– C'est parfait, ça ! Ça nous fera des économies !

Les officiers échangèrent des regards méfiants. Le plus gradé répondit :

– Vous êtes en train de proposer que nos soldats jouent des paras français ?

– Pas tous. Ceux qui peuvent passer pour des Européens ! Les autres incarneront des manifestants algériens.

– Je vais demander à mes supérieurs et je vous ferai connaître notre réponse.

Ils acceptèrent.

*

Quand le tournage fut enfin terminé, Pontecorvo donna une fête dans les rues de la Casbah pour récompenser tous ceux qui avaient travaillé sur le film ainsi que les habitants qui avaient facilité le tournage en prêtant leurs maisons. Il fit le tour des acteurs, eut un mot pour chacun, un mot sincère, chaleureux, et proposa à plusieurs d'entre eux de le suivre en Italie, promit de les aider à se lancer dans le cinéma. Tous refusèrent en dehors d'une jeune fille qui aurait aimé dire oui mais Tarek entendit son oncle lui glisser à l'oreille qu'il n'en était pas question, et lui annoncer qu'il avait déjà accepté pour elle la demande en mariage d'un de ses cousins. Il sourit au réalisateur italien qui n'avait pas compris l'échange en arabe, et le remercia pour sa nièce mais ce serait non.

*

La veille de son retour en Italie où il allait monter le film, Pontecorvo demanda à Tarek de l'accompagner pour une dernière balade. Les deux hommes marchaient, les mains dans le dos, et répondaient aux salutations des Algérois. Le réalisateur avait fait travailler des milliers de personnes sur ce film et il était à présent connu de toute la ville.

Devant le port, ils s'arrêtèrent un instant face à des dockers en train de charger des caisses sur un bateau.

– Que vas-tu faire maintenant, Tarek ?

– Je vais aller en région parisienne, travailler dans une usine.

– Tu ne veux pas rester et cultiver la terre comme les autres ? Le nouveau président parle de lancer une révolution agraire. Il dit que la terre appartiendra à celui qui la cultivera.

– Je ne veux pas attendre. J'ai besoin d'argent rapidement pour poursuivre la construction de ma maison.

– Mais pourquoi la France ? Le monde est large !

– Où aller ? En France, j'ai des cousins et des amis, ils m'aideront à m'installer et à me faire embaucher dans un atelier. L'un d'entre eux m'a déjà envoyé un certificat d'hébergement. J'ai rendez-vous au Bureau de l'immigration dans dix jours.

– Et ta femme, elle en pense quoi ?

– La séparation sera difficile, mais nous y sommes habitués. Et une séparation temporaire du couple est préférable à la misère pour toute la famille.

– Elle va donc vivre seule ?

– Avec nos enfants.

– Je croyais que les musulmans ne voulaient pas laisser leur femme ainsi.

– Mais ma femme est plus capable que n'importe quel homme !

Pontecorvo rit et approuva, puis demanda :

– Pourquoi ne pas m'accompagner à Rome ?

– Qu'est-ce que je ferais là-bas ?

– Du cinéma !

– L'acteur ? Le technicien ?

– Oui ou autre chose. Ce que tu veux !

– Non. Le cinéma, ce n'est pas pour moi.

– Le cinéma, c'est pour tout le monde. Tu t'en es bien sorti sur le tournage, je t'ai observé. Tu es malin, rapide, et ta présence est apaisante, sans que je sache l'expliquer, d'ailleurs.

– C'était différent. C'était un film sur nous. Sur ce qu'on a vécu.

– Mais tu pourrais gagner ta vie ainsi !

– Je pourrais aussi la perdre à essayer de la gagner. L'usine, c'est sûr, c'est du solide. Je n'y resterai pas toute ma vie, juste le temps de financer des travaux, de faire grandir les enfants.

– Quel âge ont-ils ?

– Les jumelles, à peine un an. Les autres dix et dix-neuf ans. Mon fils, lui, a vingt-sept ans. Quand ma famille sera à l'abri du besoin, je rentrerai et je passerai mes journées dans mon village avec ma femme, chez nous. Elle compte planter des figuiers de Barbarie et on mangera des figues tous les soirs l'été sur notre terrasse. Il n'y a pas de figues de Barbarie en Italie !

– Tu serais surpris de savoir tout ce qu'on peut trouver en Italie.

– Je n'aime pas être surpris, moi.

– Tu sais, pour rejoindre Rome, il suffit de sauter dans un train depuis Paris, un soir, et on se réveille en Italie, dans la plus belle ville du monde. Ce n'est pas compliqué.

– Ce n'est pas simple non plus.

– Ah, Tarek, je ne devrais pas discuter avec toi, tu me déprimes ! Je te laisse mes coordonnées. Si, j'insiste, prends-les. Peut-être nous reverrons-nous. Appelle-moi si un jour tu as besoin d'aide.

Combien d'automnes, combien d'hivers, combien de printemps et combien d'étés

Un matin de septembre 1966, Tarek fit ses adieux à sa femme pour la troisième fois. Il tenta de lui signifier sa tristesse de la quitter mais ne réussit qu'à esquisser un pauvre sourire qui, il en était certain, ressemblait plus à une grimace. Sur le seuil de la porte, Leïla lui rappela que, dès le début de l'automne, il devait enrouler autour de son cou l'écharpe bleue qu'elle avait glissée dans son sac, et qu'il ne devrait l'enlever qu'à la fin du printemps. Elle répéta : « De l'automne au printemps, il faudra que tu portes l'écharpe bleue pour ne pas tomber malade. En France, il fait froid. Et si tu tombes malade malgré tout, fais chauffer un peu de miel avec un peu d'huile d'olive et avale cette mixture avant de te coucher. » Et elle ajoutait mille détails, la taille de la cuillère, ce qu'il fallait verser en premier, comment mélanger, lui rappela d'attendre un peu pour ne pas se brûler, de bien vérifier que le feu était éteint avant de se coucher. Elle s'inquiétait de tout ce qui pouvait arriver, de ce qu'il risquait ainsi à partir aussi loin de sa famille. Tarek n'écoutait rien ou plutôt il entendait sans pouvoir répondre, émerveillé par la voix de sa femme, ses cheveux que le vent agitait, le grain de beauté sur sa joue gauche, son habituel parfum de fleur d'oranger. Il acquiesça, agita nerveusement la main, tenta de parler mais en fut incapable et y renonça. Il fit face à Leïla en silence. Il voulait lui dire : « Ne change pas, garde la robe jaune et les talons blancs, la barrette rouge et ton sourire, je reviens vite, je reviens dès que je peux. » Il ne prononça pas un mot. Il espéra qu'elle avait compris ses pensées.

*

Tarek arriva à Paris le 21 septembre. Il s'installa dans un foyer de la Sonacotra. Sa chambre faisait six mètres carrés, elle était si exiguë qu'il pouvait toucher les deux murs en étendant les bras. La moquette au sol était tachée et avait été grignotée à certains endroits par un quelconque rongeur. Le papier peint était attaqué par l'humidité. La vitre de la lucarne au-dessus du lit était fêlée. Tarek appuya sur l'interrupteur, l'ampoule grésilla avant de laisser apparaître une lumière blafarde qui finit de rendre le lieu sordide et de déprimer son nouvel occupant. « Allez, ce ne seront que quelques années ! » se dit-il pour se réconforter. Il pensa à la maison d'El Zahra, trop petite, à la façade décrépite, au sol à refaire, aux chambres à agrandir, au toit-terrasse à aménager. Tout ça, en plus du reste, de la nourriture, des vêtements pour les enfants, de la vie qu'il souhaitait pour eux, et il se sentit soudain rempli d'énergie, capable de subir n'importe quoi, et ce n'était pas une vilaine chambre qui lui ferait oublier qu'il faisait tout cela pour le bien de sa famille.

Quelqu'un toussa dans la pièce voisine et la cloison qui faisait office de mur vibra. L'homme à côté farfouillait dans un tiroir, Tarek perçut des bruits de pièces de monnaie, de petits objets, et enfin sans doute, l'homme trouva un mouchoir, car il l'entendit se moucher bruyamment dans un bruit de trompette. « Combien d'automnes, combien d'hivers, combien de printemps et combien d'étés à entendre des hommes se moucher ? » se demanda-t-il. Il calcula de tête des charges et des salaires, les mois s'additionnèrent, les années se multiplièrent. « Beaucoup » fut la seule réponse à laquelle il aboutit.

La pluie se mit à crépiter mais Tarek laissa la lucarne ouverte pour aérer la chambre. C'était plus un crachin qui tombait du ciel gris qu'une vraie pluie. « Ici, aucune odeur de terre mouillée », songea Tarek.

Il entreprit d'installer ses affaires et, la nuit venue, il glissa dans la taie de son oreiller le mouchoir en soie blanche offert par Leïla.

*

Les horaires du foyer étaient très stricts. Il était interdit de rentrer après dix heures du soir, la télévision dans la salle commune n'était accessible que jusqu'à une certaine heure et, chose qui dérangeait beaucoup Tarek, monsieur Jacques, le gérant, un ancien parachutiste d'Algérie, avait une clé qui ouvrait toutes les chambres et ne se privait pas de l'utiliser pour entrer sous n'importe quel prétexte surtout lorsqu'il savait les ouvriers absents.

*

Les six premiers mois, Tarek eut le sentiment que la France se résumait à une ligne de conditionnement et à un lit. Son temps libre, il le passait à gribouiller dans le silence. Il notait toujours des mots, des bouts de phrase pour ne pas oublier de raconter ce qu'il voyait à Leïla, aux enfants, à Safia, à Saïd aussi peut-être un jour. Il n'avait pas perdu espoir de retrouver celui qui était toujours son meilleur ami. « Peu importe le temps sans se voir, c'est le temps passé ensemble qui compte », pensa Tarek.

En mars 1967, il écrivit une nouvelle lettre pour Leïla, qu'il cacha avec la précédente dans la mallette en carton : *Ici, la colonisation semble toujours en place mais mon chef est juste. Ce rythme m'épuise. Je ne sais plus quand je peux dormir, quand je dois travailler. Mais au moins, je suis tellement sonné à cause du bruit des machines, que lorsque je rentre, je ne fais plus cet horrible cauchemar où je me retrouve sur le tournage de* La Bataille d'Alger *à reconstruire les murs détruits pour les voir de nouveau bombardés.*

*

De la guerre, Tarek avait conservé le sommeil de vigilance, il ne dormait qu'à moitié, toujours un peu en éveil.

Dans une tasse blanche, l'unique qu'il possédait et qu'il rangeait précieusement sur une étagère, il se versait tous les matins de l'eau chaude qu'il mélangeait à de la poudre de café et qu'il avalait en se brûlant la lèvre. Le café bu, il se servait un verre de limonade fraîche, hiver comme été. Dans les chambres voisines, on éternuait, on se mouchait, on se raclait la gorge, on mettait les chaussures, on se rasait, on refaisait le lit.

Tarek lavait son linge chaque samedi et l'étendait au-dessus d'une sorte de radiateur de fortune trouvé sur le trottoir et qu'il avait rafistolé.

Tous les soirs, il rattrapait les prières qu'il avait ratées dans la journée puis rangeait son tapis dans l'armoire. À l'usine, il était en binôme avec un Algérien qui se faisait appeler Marcel et qui avait travaillé durant dix ans dans une imprimerie qui produisait des affiches sur lesquelles étaient imprimés des extraits de roman. L'homme était devenu obsédé par les phrases qu'il avait lues, et notamment par l'une d'entre elles, qu'il avait fini par apprendre par cœur : « Un homme qui dort tient en cercle autour de lui le fil des heures, l'ordre des années et des mondes. Marcel Proust. » Et il répétait à Tarek que ce Proust avait tout compris. Mais Tarek ne connaissait que des nuits hachées, teintées d'étranges rêves, où il retrouvait régulièrement la serveuse rencontrée dans un bar durant la Seconde Guerre mondiale, à qui il tentait encore et encore de raconter l'horreur, mais plus il avançait dans son récit et plus il bégayait, et les mots de nouveau s'effritaient, comme un sablé oublié dans une poche et réduit en miettes. Tarek n'était pas d'accord avec Proust. Lorsqu'il dormait, il ne tenait plus rien en cercle autour de lui, ni le fil des heures ni l'ordre des années et des mondes. Il se contentait d'acquiescer à son binôme dont les autres ouvriers disaient qu'il était devenu à moitié fou à force de lire de la littérature, mais Tarek avait vu les yeux de l'homme et avait compris, lui, que c'était la guerre qui lui avait fait perdre un peu de sa raison. Laquelle de guerre, il l'ignorait, mais peu importait au fond car toutes les guerres font la même chose aux hommes, elles transforment vos yeux en deux billes figées. Et la littérature, se disait Tarek, c'était peut-être au contraire ce qui avait sauvé son binôme, ce qui l'empêchait de sombrer, de faire rouler hors de leurs orbites ses yeux-billes. Et si Marcel Proust avait permis cela, tant mieux, même si lui n'était pas du tout d'accord avec ce qu'il avait écrit.

Lors de son unique jour de congé, Tarek sortait marcher seul. Les autres ouvriers ne l'accompagnaient pas, par peur de dépenser. « Moi, il s'agit de ma survie », leur avait répondu Tarek. Marcher pour oublier les murs en carton du foyer, les taches d'humidité qui coloraient ce qui avait dû être un blanc crème, qui attaquaient les photos, les précieuses photos des enfants, avec leurs joues de plus en plus rebondies, leurs cheveux propres et soignés, leurs vêtements de bonne facture.

Les photos de Leïla, elles, étaient rangées dans la mallette pour ne pas être exposées aux yeux du gérant s'il venait à entrer ou aux autres ouvriers lorsqu'ils passaient une tête. Les hommes ne montraient pas leur femme, n'évoquaient pas leur prénom, s'il fallait absolument en parler ou demander des nouvelles, c'était seulement « la maison », et un « la maison » gêné et respectueux.

*

Un matin, au début de l'été, il vit qu'une petite foule s'était formée devant le foyer. Des ouvriers s'étaient rassemblés autour d'un syndicaliste de la CGT qui distribuait des tracts. Il leur expliquait que si le travail pour les Algériens se faisait de plus en plus rare, c'était parce que le gouvernement avait donné des ordres pour que les usines ne les embauchent plus, à cause de l'indépendance. Le syndicaliste avait tenté de fourrer un tract dans les mains de Tarek mais sans succès. « Comme si les patrons avaient besoin de consignes, avait-il pensé. Les chefs font bien ce qu'ils veulent et ils sont les premiers à regretter l'indépendance. » Il était l'un des rares à ne pas se rendre aux réunions syndicales. C'est seul qu'il déjeunait, seul qu'il se couchait le soir ou le matin sur l'étroit sommier aux ressorts cassés. Seul qu'il passait ses dimanches. Seul qu'il remontait les rues, qu'il allait au cinéma, seul qu'il préparait ses repas et sa gamelle. Seul qu'il passait devant les cafés, qu'il enjambait des flaques d'eau, évitait les chiens, trop nombreux dans la capitale. Seul qu'il s'asseyait sur un banc pour regarder des pigeons s'agglutiner autour de miettes. Seul qu'il faisait ses comptes, jour après jour, heureux de voir la somme augmenter, comptant et recomptant le nombre de mois avant le retour chez lui, tentant de supprimer telle ou telle dépense qui peut-être serait superflue. Et quand il fermait les yeux, c'était pour rêver à la maison dans le village, la belle terrasse, le beau jardin, les figuiers de Barbarie, la nuit avec sa femme sous le ciel étoilé.

*

Le temps passa et il semblait à Tarek qu'il ne garderait pas beaucoup de souvenirs de cette période, que ce seraient comme les pages d'un album sur lesquelles il n'avait pas envie de s'attarder, quelques arrêts peut-être, les gestes de générosité pour ceux qui avaient encore moins que les autres, les rares lettres des enfants, les mandats qui leur répondaient, les chansons du dandy Mazouni dans les cafés, en arrière-fond, mais aussi la tendresse qui manquait et une vie en pointillé.

Une nuit d'insomnie, il nota dans son carnet : *L'impression de vivre sur un navire parfois, d'être un marin, de dormir sur une épave avec l'espoir d'atteindre un jour la terre ferme.*

Paris, dans mon sac

Après un an et demi en France, Tarek obtint de son contremaître l'autorisation de prendre quatre semaines de congés payés et quatre semaines d'absence autorisée non payée avec la promesse qu'il retrouverait son travail à son retour.

La veille de son départ pour Marseille où il prendrait le bateau, il alla voir la tour Eiffel. Il n'avait pas osé s'en approcher, de peur de paraître ridicule devant les nombreux touristes, mais dans une lettre écrite au crayon rouge, sa fille cadette lui avait posé plusieurs questions à son sujet et il voulait pouvoir y répondre sans se tromper. Il passa devant un jeune couple éméché, des vendeurs à la sauvette, une famille de touristes étrangers, en rangers et chaussettes hautes. Il se débarrassa d'un homme qui voulait absolument lui vendre un ticket pour monter jusqu'en haut de la tour et s'approcha enfin de la structure métallique. Il l'inspecta longuement, griffonna dans son carnet : *324 mètres de hauteur, inaugurée en 1889*, et fit même un croquis maladroit mais qu'il ratura tant il le trouvait raté. Dans une papeterie, il acheta une carte postale pour sa fille.

Il occupa le reste de sa journée à faire des emplettes : un costume pour son fils, une robe pour sa fille aînée, des jouets pour les jumelles et la cadette, un sac et des chaussures pour Leïla, du thé et du chocolat pour Safia. En rentrant, il s'arrêta un instant dans la salle commune. Les autres ouvriers, assis en demi-cercle sur des chaises en bois face à la télévision, se moquèrent gentiment de tous les sacs que Tarek rapportait de sa sortie et entonnèrent le refrain d'une chanson de Noura : « Je voudrais mettre Paris dans mon sac. »

Tarek était trop heureux de son retour prochain en Algérie pour se vexer. Il prit même place parmi eux, lui qui d'habitude aimait rester seul dans sa chambre. Il demanda à l'un d'entre eux, surnommé l'Ancien car il vivait dans le foyer depuis son ouverture :

– Tu n'as jamais pensé à ramener tes enfants ici ?

– Non, malheureux ! Il ne faut pas faire ça !

– Pourquoi ?

– La vie coûte trop cher ici. Au pays, ta famille est à l'abri du besoin, mais en France, ce serait la misère !

Un ouvrier algérien ajouta :

– Et tu sais ce qui se passera si tu amènes tes filles ici ? Elles deviendront des Françaises ! La minijupe et le maquillage.

Tarek sourit en pensant à sa fille aînée qui vivait seule à Alger où elle étudiait désormais. Quel père, se demanda-t-il, pouvait-il vouloir que ses filles ne soient pas libres ?

Un ouvrier marocain commenta d'une voix plaintive :

– Les miens ne s'intéressent qu'aux mandats ! Jamais une lettre. Quand je reviens, je n'ai le droit qu'à des sourires hypocrites. Leur sorcière de mère les monte contre moi !

L'ouvrier qui occupait la chambre mitoyenne de celle de Tarek baissa la voix et dit sur le ton de la confidence :

– Regarde Si Mohamed. Il a fait venir sa famille et il vit dans la misère.

L'Ancien ricana :

– Ça, c'est parce que la moitié de sa paie part chez des femmes !

– Le pauvre, il est tombé amoureux de l'une d'entre elles, une superbe fille, il paraît. Des cuisses blanches.

Hilares, les hommes entamèrent une chanson en vogue de Mazouni. Tarek remonta dans sa chambre en souriant. Il ferma la porte derrière lui tandis que résonnait le couplet de la chanson. « Oh, écoute-moi camarade, laisse tomber cette fille, tu m'entends, elle va te rendre malade, et tu vas souffrir longtemps ! »

Avant de se mettre au lit, Tarek nota dans son carnet : *Le train et le bateau n'iront jamais assez vite.*

*

Quatre jours plus tard, il arrivait au village. Avant même qu'il ne franchisse le portail, la porte de la maison s'ouvrit et Leïla en jaillit, suivie des trois filles. L'aînée n'arriverait que deux semaines plus tard. Tarek embrassa ses enfants et leur offrit les poupées achetées à Paris, soigneusement emballées dans du papier de soie. Elles poussèrent un cri de joie et s'enfermèrent dans leur chambre pour jouer. Tarek entraîna sa femme dans la cuisine et l'embrassa. Il écarta une mèche de cheveux et la scruta, anxieux à l'idée qu'elle ait pu changer en son absence. Il détailla son front, ses yeux, le grain de beauté sur la joue gauche, son nez droit, ses lèvres sur lesquelles elle avait appliqué du rouge, elle se laissa faire, amusée. Il poussa un soupir de soulagement, Leïla était restée la même. Il plongea son nez dans son cou, heureux d'y retrouver le parfum de fleur d'oranger.

Le retour de Tarek fut plus difficile qu'il ne se l'était imaginé. Chacun cherchait sa place. Ses filles ne s'adressaient qu'à leur mère, et étaient un peu intimidées par leur père. Tarek fit ce qu'il savait faire : il passa un maillot de corps, un vieux pantalon, acheta du ciment, de la peinture et occupa tout son séjour à effectuer des travaux dans la maison, au grand dam de Leïla qui aurait voulu qu'il se repose.

Sa fille aînée rentra enfin d'Alger pour voir son père. Elle était mutique et guindée. Il eut l'impression d'avoir chez lui une femme, une invitée mystérieuse, et il était aussi mal à l'aise qu'elle. Il lui demanda seulement : « Et la faculté ? » Elle leva les yeux au ciel. Il l'observa s'enfuir dans le jardin, vêtue d'un jean. Leïla, qui avait suivi son regard, lui expliqua : « C'est la mode. » Il acquiesça, un peu perdu. De quelle mode s'agissait-il ? Celle qui consistait à ne plus parler à son père ? Ou celle qui faisait soupirer et lever les yeux au ciel à chaque question ?

Leur fils, lui, ne se montra pas. La dernière fois que Tarek l'avait vu, il venait de se séparer de sa femme et était lui aussi vêtu d'une paire de jeans et d'étranges bottines à la mode américaine. Sa fille aînée leur apprit qu'il avait trouvé un travail à Oran, il était à présent ouvreur dans un cinéma et voulait profiter de son temps libre pour explorer la côte avec ses amis. Tarek, là encore, ne fit aucune remarque. Personne ne lui demandait son avis, il ne le donna pas.

Et ce fut ainsi tout au long de son séjour : Leïla et Tarek firent leur possible pour combler la distance qui s'était creusée entre eux, les fillettes observaient ce drôle d'homme qu'on leur disait être leur père, l'aînée râlait sous le regard des voisins qui commentaient chacune de ses tenues.

*

À peine rentré à Paris, Tarek se renseigna auprès des autres ouvriers : il voulait acheter un magnétophone. On lui parla d'un bazar. Il y alla et farfouilla dans les bacs. Il y avait surtout des postes de radio, des pièces pour des voitures et des lampes de toutes les tailles. Il se rendit dans un magasin spécialisé où, la voix basse, un peu inquiet d'être entré dans ce qui était pour lui un magasin de luxe, il demanda un magnétophone et des cassettes vierges. Il acheta également une radiocassette rouge vif qu'il envoya quelques jours plus tard à Leïla et aux enfants.

De retour au foyer, il rangea précieusement les notices dans sa mallette en carton, au cas où l'un des appareils dysfonctionnerait un jour. En fermant la serrure, un papier se coinça, il tira dessus et un bout se déchira. Il rouvrit la mallette et récupéra la feuille qu'il déplia. Il lut le mot rédigé d'une écriture fine et serrée : *Tarek, pour venir à Rome, il suffit d'aller un soir à la gare de Lyon et de sauter dans le Palatino. Tu te réveilleras dans la plus belle ville du monde.* Et en dessous le numéro de téléphone de

Pontecorvo dont le dernier chiffre n'était plus lisible car le papier s'était déchiré à cet endroit. Tarek sourit et glissa la feuille dans son carnet.

Il alluma le magnétophone et à partir de ce jour, tous les dimanches, d'une voix qu'il essayait de rendre enjouée, il entreprit d'enregistrer de courts messages pour ses enfants et sa femme.

« Mes filles n'oublieront plus leur père », se promit-il.

Le Palatino

Le 21 juillet 1969, Tarek, comme les autres ouvriers qui ne travaillaient pas de nuit, était dans la salle commune du foyer et assistait à la retransmission en direct des images de Neil Armstrong et Edwin Aldrin faisant leurs premiers pas sur la Lune. Beaucoup d'ouvriers étaient sceptiques. « Un coup monté des Américains ! » affirma même l'Ancien. Tarek frissonna, quelle folie de vouloir aller si loin.

Deux semaines plus tard, il reçut une lettre de sa fille aînée et impatient de la lire, l'ouvrit avec fébrilité et la déchira en deux. Il s'agaça de sa maladresse et quémanda un bout de scotch à son voisin de chambre.

Bonjour papa,

Merci pour le mandat. Tu n'es pas obligé de m'envoyer autant d'argent, je me débrouille, tu sais. J'ai travaillé pour le festival culturel panafricain. Est-ce que tu en as entendu parler ? Le président Boumédiène l'a inauguré lui-même. C'était le plus grand rassemblement des arts et des lettres de l'histoire. Nina Simone a chanté et c'était très beau, j'en ai pleuré.

Je faisais partie du groupe d'étudiants mobilisés pour l'accueil des invités. Je suis allée récupérer à l'aéroport Archie Shepp, un saxophoniste américain, et en descendant de l'avion qui l'amenait de New York, il a embrassé le sol et crié : We're back home ! *Il m'a demandé de l'accompagner dans la Casbah où il a rencontré des membres du Black Panther Party, installés dans l'ancienne maison d'un pied-noir. Il a donné un grand concert avec des Touaregs puis a improvisé une musique sur un texte du poète algérien Jean Sénac qui n'a pas été convié à participer à l'événement. Le plus grand rassemblement des arts et des lettres, donc, mais sans une partie des artistes algériens… J'espère que je ne t'ennuie pas avec cette longue lettre. Est-ce que tu vas bien ?*

Ta fille

Tarek arracha une feuille blanche de son carnet. Il voulait commenter chacune des phrases de sa fille, mais ne trouvant pas les bons mots, il écrivit simplement d'une main tremblante :

Tu ne me déranges pas ma fille. Je vais toujours bien. Mandat suit.

Ton papa

*

À partir de l'année 1970, Tarek prit l'habitude d'aller tous les dimanches dans un petit bar de Belleville pour dîner et applaudir des chanteurs et musiciens algériens. Le premier soir du mois, le patron, un Kabyle, un homme bien, aimé des habitués, offrait un couscous aux ouvriers, et sa femme, une Bretonne, le servait aussi bien que les femmes des villages. Tarek et lui étaient devenus amis. Ils se comprenaient, même si le patron parlait en kabyle et que Tarek lui répondait dans un mélange d'arabe et de français.

Tarek lui confia un soir qu'il était malheureux à Paris. Il ne supportait plus rien dans cette ville. Ni la Seine, profonde et glaciale, qui l'effrayait. Ni les lumières crues des lampadaires qui restaient allumés toute la nuit et dont l'un donnait sur sa chambre et le gênait. Ni la manière dont les gens le dévisageaient parfois la bouche ouverte, lorsqu'il passait devant eux. Le propriétaire, interloqué, éclata de rire :

– Je ne t'avais jamais entendu dire autant de phrases d'un coup ! Attends, je vais aller te chercher quelque chose à manger, ça va te faire du bien. Un tajine de chez nous, c'est ce qu'il te faut.

Tarek l'avait remercié, reconnaissant et gêné de s'être épanché de la sorte. Une chanteuse s'était emparée du micro pour demander au public : « Aurons-nous jamais été aussi tristes et aussi joyeux qu'en ce moment ? » Tarek et d'autres immigrés applaudirent bruyamment. Et il est vrai, pensa Tarek, qu'ils avaient l'air à la fois tristes et heureux. Ravie, la chanteuse avait entamé une chanson de Warda al-Jazairia, « Lola El Malama ». Tarek resta jusqu'à la fermeture cette nuit-là, et le temps d'une soirée, il en avait oublié qu'il était en France, et dans le chahut, dans le son du piano, dans les paroles d'une chanson, dans le brouillard des cigarettes, lui revenaient à l'esprit ses montagnes, ses chemins de terre, les maisons-terrasses et même le gourbi de son enfance.

*

Le dimanche suivant, le patron du bar lui tendit un journal : « Il me semble que tu as travaillé sur le tournage de *La Bataille d'Alger.* » Tarek avait acquiescé. À la page 5, il trouva un article publié initialement dans le *New York Times.*

> *Une copie du film* La Bataille d'Alger *de Gillo Pontecorvo a été retrouvée dans un local du mouvement des Black Panthers à Harlem. Le film a été projeté devant la Cour suprême de l'État lors du procès de treize Black Panthers. Le procureur adjoint du district soutient que* La Bataille d'Alger *a été utilisée à des fins d'entraînement par les Black Panthers. À deux reprises pendant le film, lorsque les autorités françaises promettent à un rebelle algérien « un procès équitable » s'il coopère avec elles, des ricanements ont fusé depuis la table de la défense et du public.*

L'article était accompagné d'une photo de Yacef Saâdi en smoking, prise à Venise lors de la Mostra de 1966 où *La Bataille d'Alger* avait remporté le Lion d'or au grand dam de la délégation française. Le film venait enfin d'obtenir son visa d'exploitation en France. L'article se concluait avec la liste des projections à venir dans les salles de cinéma.

Tarek inscrivit la date de la première projection parisienne en rouge dans son carnet et fit promettre à l'un de ses camarades de le remplacer si par malheur il était affecté à l'équipe du soir, ce jour-là.

*

Le 24 février 1971 à l'aube, après avoir travaillé de nuit, Tarek quitta l'usine en sifflotant et s'arrêta devant le cinéma où une projection de *La Bataille d'Alger* était prévue le soir même. Il voulait repérer les lieux pour être sûr de ne pas la rater. Sur la porte, une affiche avait été collée. Tarek s'approcha et lut avec émotion : *« La Bataille d'Alger », film événement du grand réalisateur italien Gillo Pontecorvo !*

À peine eut-il le temps de déchiffrer les noms des têtes d'affiche, Yacef Saâdi et Jean Martin, que Tarek reçut un coup sur la tête. À moitié assommé, il vit trois hommes, armés de barres de fer, se mettre à saccager la devanture du cinéma. Il tenta de se relever pour fuir mais les hommes le rattrapèrent et le passèrent à tabac, s'acharnant sur lui. Tarek entendit le bruit d'un moteur, et les yeux mi-clos, il distingua les phares d'un véhicule. Un homme criait depuis la vitre ouverte. Les agresseurs s'enfuirent. Le conducteur descendit de sa voiture et se précipita vers Tarek :

– Ça va ?

– Oui, oui, ça va aller. Merci, monsieur.

– Il y a un café pas loin, je vais prévenir les urgences, ne bougez pas.

L'homme traversa la rue et Tarek se releva péniblement avant de s'éloigner. Il rentra en sang et s'écroula sur le palier. Des ouvriers le portèrent dans sa chambre et le soignèrent.

L'après-midi même, Tarek serrait la main de son contremaître et empochait son solde de tout compte avant de retourner au foyer. Il réunit tout ce qu'il possédait : les photos de sa femme et de ses enfants, un peigne à larges dents, deux pulls, une chemise et deux pantalons, un pyjama blanc, quatre maillots de corps, quatre slips, un bonnet marron, l'écharpe bleue offerte par Leïla, le mouchoir en soie blanche, un crayon et un petit carnet, le magnétophone, des cassettes vierges et sa mallette. Il salua monsieur Jacques qui avait l'air surpris de le voir partir aussi soudainement, puis, sur un coup de tête, Tarek rejoignit la gare de Lyon et sauta dans le Palatino.

*

S'il n'était parti que le lendemain, il aurait passé la soirée avec tous les ouvriers du foyer : à écouter et commenter les informations. Et comme eux, il en aurait oublié de dîner et ne se serait couché qu'au petit matin.

Sans en avoir informé personne, le président Houari Boumédiène annonça ce soir-là, à la télévision, la nationalisation des hydrocarbures. Toutes les entreprises privées, dont une quinzaine de sociétés françaises et américaines, devenaient publiques.

La France, via son ministre des Affaires étrangères, rétorqua que le pétrole algérien était « rouge » et que non seulement elle ne l'achèterait plus, mais qu'elle invitait également ses partenaires à le boycotter. « Si le pétrole algérien est rouge, c'est parce qu'il est mélangé au sang des martyrs algériens », répliqua Houari Boumédiène avant de saisir l'OPEP pour dénoncer ce boycott.

Sur ordre du gouvernement français, l'ensemble des cadres et techniciens français des compagnies pétrolières en Algérie abandonnèrent leurs postes et quittèrent les lieux, dans l'espoir de mettre ainsi à l'arrêt la production algérienne, mais la première promotion de cadres et de techniciens algériens en hydrocarbures avait été diplômée l'année précédente. Ils prirent le relais. La France menaça alors de réviser la situation des travailleurs algériens sur son sol. Boumédiène en prit note et annonça qu'il était prêt à envoyer des avions pour ramener « ses enfants » chez eux.

Les patrons et les ouvriers commencèrent à s'inquiéter.

*

Le lendemain de la nationalisation du pétrole, après quinze heures et treize minutes de train, Tarek arrivait à Rome, laissant derrière lui la France, l'Algérie, et tout ce merdier.

À Dieu et à Tardinello, tout est possible !

Tarek, à peine descendu du train, fut saisi d'angoisse à l'idée de la somme d'argent qu'il venait de dépenser pour l'achat du ticket et se précipita au guichet pour s'enquérir de l'heure de départ du prochain train pour Paris.

L'échange fut laborieux, l'employé ne parlait qu'italien. Tarek, de plus en plus affolé, lui expliqua qu'il devait rentrer au plus vite pour supplier son contremaître de lui rendre son emploi, et le gérant du foyer, sa chambre. L'employé se contenta de répéter inlassablement : « *Non capisco.* » Tarek hurla : « PARIS ! » L'employé leva mollement un doigt boudiné et lui désigna une feuille collée sur la vitre avec les horaires en indiquant : « *Completo.* » Le prochain train avec de la place était dans deux jours. Tarek hocha la tête, échangea des francs et quitta la gare Termini. Il hésita, fit quelques pas, prit à gauche, puis à droite et décida finalement d'aller tout droit. « On ne se trompe pas quand on va toujours tout droit », se dit-il pour se rassurer.

Au bout d'une demi-heure à arpenter les rues d'un pas pressé, sans regarder autour de lui, comme s'il était attendu quelque part, donnant cette illusion-là, effrayé à l'idée qu'on le questionne sur sa présence dans cette ville étrangère, il atteignit le Tibre. L'eau grise ondulait, tressautait, et Tarek crut entendre un rugissement. Il fit demi-tour et revint sur ses pas. Il se força à marcher plus lentement. Il déambula dans les rues sans oser parler à quiconque. Il s'arrêta devant un grand immeuble rose, en pierre, étourdi par sa beauté, mais détourna le regard lorsque la porte d'entrée s'ouvrit, par peur d'être pris pour un vagabond. Il pressa le pas, se faufila dans les ruelles plus sombres, à la recherche de gens qui lui ressemblaient.

Vers midi, il aperçut des ouvriers en bleu de travail attablés à la terrasse d'un restaurant. Ils mangeaient en silence des sandwichs, les yeux perdus dans le vague. « Pour eux, c'est une journée normale, se dit Tarek. Ils vont retourner travailler, et ce soir, ils rentreront chez eux, fourbus. Peut-être que certains iront boire un verre dans un bar. Et moi ? Qu'est-ce qui m'a pris de partir ? De venir ici ? » Il avait les mains moites et transpirait. Il sentait la sueur couler à grosses gouttes dans son dos.

Il salua les ouvriers d'un geste qu'ils ne lui rendirent pas, et entra. Il commanda un plat de pâtes et une limonade en la désignant du doigt derrière le bar et en baragouinant un mélange de français et d'arabe sous le regard amusé du serveur. Il chercha les toilettes et mima ensuite le geste de téléphoner. On lui indiqua une cabine étriquée dans le fond de la salle. Il ouvrit le volumineux annuaire et chercha fébrilement la lettre P, tourna les pages, mais ne trouva pas le nom de Pontecorvo. Il sortit de son carnet le bout de papier où le réalisateur avait inscrit son numéro et le composa mais il lui manquait le dernier chiffre. Il essaya plusieurs combinaisons. À chaque fois, la ligne sonnait comme étant occupée. Tarek reposa le combiné, retourna à table, mangea sans faire attention à ce qu'il avalait et but sa limonade, de plus en plus préoccupé. Il demanda de nouveau à utiliser le téléphone et fit un nouvel essai. Au bout de la troisième sonnerie, une voix féminine répondit. Tarek se sentit bête, ne sut quoi dire, et tenta un simple :

– Pontecorvo ?

– *Chi lo chiede ?*

– Gillo ! Gillo Pontecorvo !

– *Si, chi lo chiede ?*

– Je cherche Gillo Pontecorvo, je suis Tarek d'El Zahra, d'Alger, la Bataille d'Alger ! Je suis à Rome, je voudrais parler à Gillo s'il vous plaît. C'est Tarek !

– *Un momento.*

Et quelques secondes plus tard, Pontecorvo était au bout du fil. Tarek avait rugi des phrases, submergé par la panique, succession de mots vitaux hurlés dans le combiné. Il lui raconta tout, le film à Paris, le cinéma, les coups, la démission, le train de nuit et il le supplia de l'aider. Pontecorvo rit et applaudit à cette folie. Il lui demanda de passer le combiné au garçon de café à qui il indiqua l'adresse d'un hôtel miteux et négocia pour que le gamin y accompagne le pauvre travailleur algérien. Le serveur éclata d'un rire moqueur et repassa le combiné à Tarek. Pontecorvo lui expliqua qu'il devait rester à l'hôtel et attendre de ses nouvelles sans s'inquiéter. Il allait l'aider. Tarek termina son plat de pâtes un peu plus serein et patienta jusqu'à ce que le garçon eut terminé son service. Il le suivit dans les ruelles de Rome en silence.

*

Tarek passa trois jours enfermé dans une chambre à moitié inondée, au plafond troué et dont les combles paraissaient abriter une multitude de petits animaux. La couverture était si pleine de poussière que Tarek dormait tout habillé et recouvrit même d'un pull le coussin pour protéger sa tête.

Le deuxième jour à Rome, épuisé, il écrivit dans son carnet : *Un rat et une fouine font un combat de catch, juste au-dessus de ma tête. J'ignore lequel gagnera la bataille et la guerre mais ils luttent tous les deux avec courage. Toutes les trois heures environ, l'un d'eux donne l'assaut. Le pire : le bruit des griffes et le son étouffé de leur chute. Je n'ose pas dormir, j'ai peur qu'une bête finisse par atterrir sur ma tête.*

Au troisième jour, il craqua : « Une minute suffit à faire basculer une vie. Une minute et tout ce qu'on a construit patiemment peut être détruit », se répétait Tarek, proche de la crise de nerfs. « Que fait Pontecorvo ? M'a-t-il oublié ? Je ne suis sans doute pas une priorité, sinon il ne me laisserait pas ainsi. » Et il se mit à pleurer. Oh, il ne s'agissait que de quelques larmes, mais ce fut assez pour qu'il en ait honte et il resta ainsi, abattu, la tête baissée, les bras ballants, à hoqueter, interdit, impuissant, perdu dans cette ville qu'il ne connaissait pas et qu'il ne voulait pas connaître. Il n'osait pas bouger de son lit, figé dans une espèce de prostration, comme si tout son corps soudain n'avait fait plus qu'un avec le matelas. Il eut honte de ce désespoir, d'avoir cédé ainsi à une extravagance pareille, lui qui avait toujours été raisonnable, d'avoir quitté son travail à l'usine, un travail honnête après tout, se disait-il, « un travail dont je n'ai pas honte », d'être parti du foyer, et il repensait à sa chambre, à son lit qui grinçait, mais c'était *son* lit, à sa tasse blanche posée dans un coin et qu'il avait oubliée, à la lucarne qu'il ouvrait en tirant sur une cordelette. Il pensa même à monsieur Jacques, et celui-ci lui manqua. Monsieur Jacques, il savait à quoi s'attendre avec lui. Un ancien militaire d'Algérie, les choses étaient claires entre eux.

Enfin, le quatrième jour, la réception le prévint qu'on le demandait au téléphone. Tarek s'y précipita. Gillo lui indiqua une adresse où un travail et un logement l'attendaient. Il était navré de ne pas pouvoir le voir et l'accompagner mais il partait le jour même pour l'Espagne où il allait tourner son prochain film. Une histoire de terroriste basque indépendantiste d'extrême gauche. « D'ailleurs, ajouta-t-il, si tu veux me rejoindre dans quelques mois, appelle-moi, je te laisse le numéro où tu pourras me contacter. » Tarek le remercia et se jura que cette fois, il n'irait pas en Espagne. Il s'empressa de rassembler ses affaires. Il demanda au réceptionniste le chemin pour se rendre à l'adresse indiquée par Pontecorvo, mais les deux hommes n'avaient aucune langue en commun, et Tarek en fut réduit à demander l'aide d'ouvriers africains croisés près d'une bouche de métro.

*

L'hiver romain était rude et ce fut sous la pluie que Tarek arriva dans une rue menant à une impasse. Il déchiffra le nom inscrit sur la plaque vissée au mur, chercha le numéro 46 et se retrouva face à un portail noir. Il aperçut des arbres au loin dont les branches s'agitaient et entendit le cri de perruches. Pontecorvo n'avait donné aucun détail. « Un chantier sans doute », pensa Tarek. Il avait peu marché finalement, à peine une demi-heure depuis l'hôtel et pourtant, dans cette impasse, sous la pluie, il se sentait à mille lieues de la ville et de son agitation.

Il tenta de regarder à travers l'interstice du portail. Il crut distinguer quelques pierres mais il n'en était pas certain. « Si c'est une carrière de pierres, je ne reste que le temps de me faire un peu d'argent, de réparer ma bêtise », se promit-il.

Il approcha son doigt de la sonnette avant de renoncer. Le mur qui longeait le portail s'étalait sur des centaines de mètres. Le lieu avait l'air désert, il n'entendait pas un bruit. Et s'il s'était trompé ? Il revint sur ses pas, vérifia le nom de la rue et le compara avec celui inscrit sur le bout de papier.

Alors que la pluie cessait enfin, parce que, sans doute, il n'y avait plus rien à mouiller puisque toute la ville était trempée, Tarek, frigorifié, pensa à Saïd qui n'avait que quinze ans lorsqu'il avait quitté leur village pour aller vivre dans un autre pays et cela lui donna du courage.

Il appuya sur la sonnette. Et il le regretta aussitôt. La peur l'envahit. « La guerre et l'usine, voilà tout ce que je sais faire, et ce fou de Pontecorvo, où a-t-il bien pu m'envoyer avant de filer en Espagne ? » murmura-t-il.

*

« À Dieu et à Tardinello, tout est possible », c'est par ces mots que l'accueillit un vieil homme habillé d'une veste en tissu épais, bleu électrique, d'un pull en laine noire, d'un pantalon gris et de bottes de pluie. Dans la pénombre, Tarek ne distingua pas son visage mais crut deviner un sourire et il en fut réconforté. L'homme s'effaça pour permettre à Tarek d'entrer.

– Bienvenue à la villa du Cardinal. Vous ne parlez que français, je crois, c'est absolument parfait ! Vous ne pourrez pas bavarder… C'est que, monsieur Tarek, car vous vous appelez Tarek, n'est-ce pas, des trésors se cachent derrière ces murs. Venez, venez, entrez vite.

Il s'exprimait dans un français parfait et cette langue, bien que n'étant pas la langue maternelle de Tarek, lui parut si familière après quatre jours en Italie qu'il en fut réconforté et eut l'impression d'avoir rencontré un compatriote.

L'homme à la veste bleue attendit que le portail se fût refermé pour traverser une cour en terre battue. Tarek lui emboîta le pas. Au moment où ce dernier se disait « Tout ça, pour ça ? », ils débouchèrent sur un grand hall en marbre, qui donnait sur le plus extraordinaire des jardins à l'italienne. Sous un ciel qui s'éclaircissait, Tarek admira le parc sublime qui s'étalait face à lui, et pensa pénétrer dans un lieu qui ne pouvait avoir été créé par des hommes. Il n'était plus à Rome, il n'était plus en Italie, il n'était même plus de ce monde. Il crut d'ailleurs avoir perdu la raison, qu'il était mort et arrivé au paradis ou dans le *barzakh*, ce lieu qui sépare le monde réel du monde spirituel. À l'instant précis où il se retrouva dans la loggia en marbre surplombant une allée de pierres, qui donnait sur une profusion de carrés de jardin au tracé parfait, où de grands pins parasols cohabitaient avec des palmiers. Tarek remarqua une fontaine en pierre et apprécia le silence solennel, éternel, à peine rompu par le pépiement d'oiseaux. Il en oublia tout. Il resta figé un long moment. Et ce fut l'éblouissement, le vrai.

Rome avait disparu.

Malgré l'hiver, un parterre de fleurs blanches était en pleine floraison. Fragiles, les pétales oscillaient avec le vent frais qui paraissait vouloir les soumettre mais elles résistaient, se cambraient, se redressaient, flanchaient de nouveau et ainsi de suite.

Tarek pensa : « Je voudrais tout noter, je voudrais ne jamais oublier ce moment. »

Était-il concevable qu'un tel lieu puisse exister dans une ville aussi bruyante et chaotique ? Même le soleil, qui était absent depuis son arrivée, éclairait ici l'endroit, comme s'il avait trouvé son égal, comme s'il avait réservé toute sa chaleur d'hiver à ce seul jardin.

Il y eut un cri d'oiseau, peut-être celui d'un corbeau. Et au loin, Tarek crut entendre des pas mais ils étaient si légers qu'il n'en était pas certain. Il laissa tomber son sac et se retourna vers l'homme qui le guidait et qui, à cet instant, lui souriait avec bonté.

– La villa du Cardinal mérite tous les superlatifs, n'est-ce pas ?

– Dieu est grand ! murmura Tarek, le souffle court.

L'homme approuva et désigna la bâtisse principale, à mi-chemin entre un palais et un manoir. Il lui tendit un trousseau de clés.

– La bleue ouvre le portail par lequel vous êtes arrivé, la jaune est celle de la villa du Cardinal, qui regorge de multitudes d'œuvres d'art, vous pourrez aller visiter les lieux à votre guise, et enfin, la plus petite des clés est celle de la maison où vous logerez. C'est la porte en bois au bout de l'allée.

Sous le soleil couchant, les arbres se paraient de doré et Tarek comprit pourquoi il avait l'impression d'être traversé d'une sensation familière. Ce qu'il éprouvait à cet instant, c'était ce qu'il avait ressenti enfant, quand Leïla sautait de la fenêtre de sa chambre et courait vers Saïd et lui.

L'homme à la veste bleue le ramena à la réalité :

– On en oublie qu'on est à Rome n'est-ce pas ?

Tarek avait acquiescé, toujours incapable de prononcer un seul mot. Il chercha quelque chose d'intelligent à dire, qui pourrait décrire l'état dans lequel il était, son émerveillement, mais il ne trouva rien d'autre à bredouiller que : « C'est magnifique ! » Et cela était si en dessous de la vérité qu'il se trouva indigne du lieu. « Saïd, lui, saurait décrire ce qu'on ressent face à une telle splendeur, face à la perfection », pensa-t-il, le cœur serré.

– Vous êtes chanceux, vous savez. Très peu de gens ont le privilège de passer ces murs. Le temps ici est comme suspendu.

Au loin, un homme légèrement voûté remontait l'allée du jardin. Il marchait, les bras croisés, perdu dans ses réflexions. Il était grand, au moins autant que Tarek, était vêtu de tweed gris, la tête couverte d'un chapeau beige, et tenait dans sa main un livre épais. Il s'arrêta à plusieurs mètres des deux hommes, ses yeux vifs scrutèrent Tarek quelques secondes puis il détourna la tête et rentra dans la bâtisse principale sans adresser la parole à quiconque.

– Il s'agit de monsieur Alberto Tardinello, le propriétaire des lieux. Il parle couramment le français mais ne le dérangez jamais. Ne cherchez pas à lui adresser la parole. Il lui arrive de rester assis sur un banc et d'admirer son jardin pendant des heures. Laissez-le tranquille. Il habite dans la petite maison au bout là-bas, il peut rester des jours chez lui sans sortir, n'allez pas lui demander s'il a besoin de quelque chose ou vérifier s'il est vivant. Il préférerait mourir seul dans un coin plutôt que d'être importuné.

– D'accord, merci.

– Je vous souhaite de vous plaire ici. C'était mon dernier jour. J'attendais qu'on trouve quelqu'un pour me remplacer, c'est fait.

– Mais… je suis engagé ainsi ? Sans explication ? C'est quoi le travail ?

L'homme parut surpris.

– Veuillez m'excuser, je croyais qu'on vous l'avait expliqué. Vous êtes le gardien de la villa. Surveillez les lieux. Ne laissez personne pénétrer dans cet endroit. Voilà.

– Et tout ça ?

Tarek avait désigné d'un vaste geste de la main la loggia et les statues sous les alcôves.

– Eh bien quoi ?

– Faut-il faire quelque chose ?

– Que voulez-vous faire à ces pauvres statues ?

– Je ne sais pas, moi ! Il faut réparer ce qui est cassé ?

– Rien, surtout ne les touchez pas, ne vous en approchez pas, sauf bien évidemment si monsieur Tardinello vous le demande, auquel cas, vous ferez ce qu'on vous dira.

Tarek fronça les sourcils, désemparé. L'homme à la veste bleue lui effleura le bras dans un geste d'encouragement et proposa :

– Commencez par vous reposer. Ne vous faites aucun souci, vous serez très bien. Parlez peu, baladez-vous dans le jardin, ne touchez pas aux œuvres et tout ira bien.

– D'accord. Je commence à quelle heure ?

– L'heure qui vous plaira. Vous êtes libre de sortir mais qui aurait envie de quitter cet endroit ?

L'homme lui serra la main. Tarek crut le voir faire une sorte d'entrechat avant de quitter les lieux mais il avait dû rêver. Tarek réalisa soudain que personne ne lui avait indiqué le montant de son salaire. Cela l'inquiéta et il espéra gagner autant qu'à l'usine. En se dirigeant vers le fond du jardin, il se promit de se serrer la ceinture pour compenser le prix du billet de train et les nuits à l'hôtel.

Dès qu'il pénétra dans la maisonnette, ses craintes l'assaillirent de nouveau. Il se sentit loin, perdu, sans attache. Et ce silence, qui quelques minutes plus tôt l'avait enchanté, désormais le troublait. Tarek soupira et regarda autour de lui.

La pièce était d'une folle élégance. Au mur, un tableau d'un homme vêtu de velours rouge. Tarek déchiffra la légende : « Clément XI, Giovan Battista Gaulli ». Face au lit, il y avait une petite table ronde en bois sur laquelle était posée une télévision. Le plafond était orné de larges palmes. Une salle de bains attenante à la chambre était pourvue d'un nécessaire de toilette, une minuscule cuisine complétait le studio. Tarek poussa la porte de la première et admira les murs en mosaïque qui représentaient des petits tableaux avec une unique fleur au cœur bleu et aux grands pétales jaunes mêlés à des serpentins verts et rouges qui s'échappaient du cadre, sorte de feu follet. Le sol en marbre formait un damier bleu marine et blanc crème.

Tarek ouvrit les robinets dorés pour faire couler un bain. Il retourna dans la chambre et tira les épais rideaux d'un jaune parchemin, illustrés de couronnes rouges, d'étoiles filantes, de fleurs et de colonnes. Il poussa les volets vert sapin et se pencha à la fenêtre mais il était cinq heures du soir et la nuit avait déjà englouti tout le domaine. En écarquillant les yeux, Tarek réussit à distinguer la forme des pins parasols et deux statues blanches qui ressemblaient à des enfants perdus dans le noir. Il trouva qu'elles avaient un air effrayé et se dépêcha de refermer la fenêtre et les volets.

Il y avait sur la table de chevet une bible. Tarek la prit et la rangea dans le tiroir. Il déposa à la place son magnétophone et accrocha à un clou orphelin le mouchoir en soie de Leïla.

Il se déshabilla, plia avec soin ses vêtements et ses chaussettes puis s'immergea dans l'eau chaude et ferma les yeux. Une fois que ses muscles furent détendus, il se releva, se savonna, se rinça, et après s'être séché, enfila son pyjama.

Il se pencha de nouveau à la fenêtre pour admirer le jardin. Il se comportait comme un môme qui aurait reçu un cadeau précieux et qui ne cessait de vérifier que celui-ci était toujours là, anxieux à l'idée de le perdre ou de se le voir confisqué. La lune, à peine voilée, brillait dans le ciel et éclairait le parc d'un faible éclat. Malgré le froid, Alberto Tardinello admirait les astres depuis un banc.

La Charité romaine

Tarek dormit mal. Il avait toujours été entouré de bruits et de gens. Ici, une myriade d'yeux l'observait mais il s'agissait des yeux figés de statues ou de portraits peints sur la toile. Au milieu de la nuit, il se réveilla et alluma la télévision. Il regarda un documentaire sur une famille d'immigrés du nord de l'Italie et s'assoupit avant la fin. Il se réveilla en sursaut, sauta du lit et poussa les volets. C'était l'aube, le ciel était chargé de couleurs et de lumière. Les pétales des fleurs étaient encore fermés, cloches blanches dans le matin d'hiver. Les palmiers agitaient leurs feuilles. L'eau de la fontaine bruissait doucement, de mille vaguelettes. Une perruche verte se posa sur le rebord pour y boire.

Après une rapide toilette, Tarek fit le lit et rangea ses affaires puis sortit et remonta l'allée du jardin, jusqu'à la loggia en marbre dont la façade était ornée de masques et de sarcophages, gardée par une demi-douzaine de statues.

Le silence, l'absolu silence des lieux le frappa de nouveau. Il chercha la clé jaune, l'introduisit dans la serrure et ouvrit la porte de la villa en veillant à ne faire aucun bruit.

L'entrée tout en marbre, dont le sol était en pierre blanche, décoré de carreaux jaunes, desservait deux pièces qui se faisaient face et dont les portes elles aussi blanches, encadrées de colonnes en pierre, étaient entrouvertes. Des statues d'anges gardaient les lieux, armées de flûtes. L'une d'elles affichait un air méchant. Les sourcils froncés, la bouche déformée en un vilain rictus, l'angelot tenait dans chaque main un morceau de sa flûte cassée en deux, prêt à les jeter sur un visiteur quelconque. Tarek, remué devant tant de beauté, pénétra au hasard dans l'une des pièces. Le plafond était agrémenté de dizaines de fleurs dorées travaillées dans de la pierre et enfermées dans des cadres, et donnait l'illusion qu'on se baladait sous un jardin suspendu. Des miniatures en relief étaient accrochées au mur. Tarek admira le dessin d'un homme vêtu d'une toge qui tenait une coupelle dans laquelle buvait un gigantesque aigle. Une autre miniature représentait trois femmes assises l'une sur l'autre, les cheveux recouverts de voiles fins qui se mêlaient aux robes dans lesquelles elles étaient drapées. Un léger bruit le fit sursauter, il s'empressa d'emprunter un vieil escalier en bois qu'il avait aperçu pour rejoindre l'étage supérieur où il fit le tour de toutes les pièces. Chacune d'entre elles était un lieu à part, comme si elle avait existé de manière unique ou avait été imaginée par un artiste différent. Tarek passait ainsi d'une pièce chargée de dorures et de statues à une autre où seuls des paysages de Rome habillaient l'espace, puis à un cabinet chinois aux murs cachés par des paravents laqués de noir incrustés de motifs ambrés. Des lampes en verre coloré posées sur des secrétaires et de petites tables d'appoint éclairaient le moindre recoin de la villa. Les fauteuils rigides, faits sans doute dans des matériaux nobles, n'invitaient pas au repos et Tarek ne s'en approcha pas.

Dans un couloir, il admira la beauté des plafonds ornés de bandeaux sur lesquels avaient été peintes six roses d'or sur un fond bleu et deux étoiles filantes délimitées par une colonne. Il passa rapidement devant de nombreuses toiles sans aucune notice. Un seul tableau contenait une inscription. Il s'agissait d'une peinture représentant une femme qui donnait le sein, un sein rond et blanc, à un homme à la longue barbe et au regard fou, presque entièrement nu. Seul le bas-ventre était caché par un tissu. Tarek déchiffra le titre de l'œuvre : *Charité romaine*, le nom de l'artiste, lui, était à demi effacé et il ne réussit pas à le lire. Il admira chaque détail de la peinture et demeura devant elle presque une heure, ébahi et dérouté de ressentir tant d'émotions. « Pourquoi cette toile en particulier, plus que les autres, me bouleverse-t-elle ? » se demanda-t-il. Il était conscient qu'une part du tableau lui échappait. Avait-elle été réalisée récemment ou plus de cent ans avant que lui-même ne pénétrât dans ces lieux ? Il examinait les deux visages, les deux bouches, l'une rose et fraîche, l'autre fripée et légèrement obscène, les yeux de la jeune femme perdus vers le ciel, cernés, et ceux du vieillard, dominés par un sourcil broussailleux accentuant la lueur de désespoir de son regard. De nouveau, Tarek entendit un bruit derrière lui, plus audible cette fois. Il se retourna et se retrouva face à un chat noir au poil soyeux qui s'avançait lentement vers lui, le fixant de ses yeux jaunes. Le chat s'arrêta devant lui et miaula avant d'étirer ses pattes. Tarek eut l'impression qu'il se soumettait à lui et sourit. Il caressa la tête de l'animal qui, peu farouche, se laissa faire.

Tarek redescendit l'escalier en frissonnant, les lieux étaient traversés de courants d'air et la villa était glaciale. Il marmonna une prière pour éloigner d'éventuels mauvais esprits. Parvenu dans le hall de l'entrée, il sentit un frôlement et faillit hurler mais ce n'était que le chat qui l'avait suivi. Il s'adossa à une colonne, le temps de se ressaisir.

*

Une semaine après être arrivé dans la villa du Cardinal, Tarek décida qu'il était temps d'envoyer un télégramme à Leïla pour l'informer de son déménagement en Italie. Il n'osa pas demander son chemin et erra longtemps à la recherche d'une poste. Il passa devant une église où un enterrement se préparait et où des femmes en robe noire pleuraient en se tenant dans les bras pendant que des enfants endimanchés mangeaient des bonbons, l'air blasé et indifférent à la tristesse autour d'eux. Un adolescent qui marchait à côté d'une bicyclette lui fourra dans les mains l'affiche d'un concert prévu à onze heures du soir au centre social de la ville. Une femme lui cria dessus car elle arrivait dans le sens inverse sur l'étroit trottoir et que Tarek ne descendait pas sur la route assez rapidement à son goût pour la laisser passer.

Enfin, il trouva la poste.

Il hésita quant à la formulation du message qu'il voulait envoyer et tenta plusieurs versions :

JE SUIS À ROME. JE VAIS BIEN. MANDAT SUIT.

Puis :

AI QUITTÉ PARIS. TOUT VA BIEN. À ROME.
MANDAT SUIT.

Et :

À ROME. À LA VILLA DU CARDINAL. TOUT VA BIEN.
C'EST MAGNIFIQUE. MANDAT SUIT.

Il réfléchit. Ce qu'il aurait voulu écrire à Leïla, c'était : « Je suis parti de Paris comme on claque une porte, avec fracas. Et comme souvent lorsqu'on claque une porte, le premier sentiment qui suit le bruit est le regret. J'ai eu peur, très peur de ce que j'avais fait, de ce travail à l'usine perdu, de cette arrivée dans une ville inconnue. J'ai eu peur de ne pas trouver Pontecorvo mais il était là et, sans lui, peut-être ne serais-je pas resté, peut-être serais-je revenu vers toi. Mais il était là et je suis arrivé dans un endroit étrange. Je ne comprends pas ce que je fais ici. J'ai essayé de discuter avec les jardiniers mais ils ne parlent qu'en italien et ils font mine de ne pas m'entendre. Monsieur Alberto, le propriétaire, je ne le vois que de temps en temps au loin, il me fuit, il fuit tout le monde. Tu me connais, je n'ai jamais recherché la compagnie, et la solitude ne me pèse pas. Pourtant ici, c'est différent. Je me repose, je me promène, j'attends que quelque chose se passe et il ne se passe rien. C'est sans doute ça le travail de gardien, espérer qu'un événement se produise, peu importe lequel, tout en sachant qu'il ne se passera rien. Alors j'attends. Avec les œuvres et les statues et c'est comme si je devenais moi aussi une espèce d'œuvre d'art ambulante, et peut-être qu'un jour, je cesserai de bouger, et je resterai figé ici. »

Mais un pareil courrier inquiéterait Leïla et pour Tarek, l'inquiétude n'avait pas à être partagée. C'était le matin, sa femme devait être en train de préparer le déjeuner avec les enfants, elle était sans doute insouciante, heureuse. Il ne pouvait pas lui écrire une telle lettre qui viendrait assombrir sa journée. Il écrivit ·

VAIS BIEN. MANDAT SUIT.

Il envoya ensuite un second télégramme au patron du restaurant kabyle de Belleville, à qui il demandait de faire suivre tout son courrier à Rome, Villa du Cardinal, 46, via del Corso.

Ce ne fut que quelques jours plus tard que la culpabilité vint le ronger. Tant qu'il travaillait dur à l'usine et qu'il vivait dans une chambre vétuste et sans confort, l'accord tacite entre lui et sa femme paraissait honnête. Désormais tout l'équilibre fragile entre la tristesse causée par l'éloignement avec les siens et la nécessité de travailler à l'étranger pour envoyer de l'argent au pays était rompu car il était de plus en plus heureux à Rome. À cela s'ajoutait un sentiment d'irréalité propre à la villa du Cardinal, et lui, si rationnel, se découvrait enclin au songe, à la rêverie dans les jardins, aux promenades autour des tableaux et des statues. Cette partie de sa vie, il désirait la garder pour lui, ne pas la partager avec sa femme. « Elle ne comprendrait pas », se répétait-il pour se rassurer.

Mare

À la fin du mois, Tarek trouva une enveloppe accrochée à la porte de sa chambre. Elle renfermait son salaire. Il déversa le contenu sur son lit et compta fébrilement les billets : il y avait moitié plus que ce qu'il gagnait à l'usine ! Heureux, il voulut partager sa joie avec quelqu'un et appela Pontecorvo pour le remercier, mais la ligne sonna dans le vide et il se souvint que le réalisateur lui avait parlé de s'établir en Espagne.

Dans leur dernière lettre, les jumelles lui avaient réclamé une salopette rouge vif. Elles avaient dessiné le modèle qu'elles souhaitaient et l'avaient coloré avec un crayon de couleur gras. Il descendit dans le centre de Rome à la recherche d'une boutique de vêtements pour enfants. Il fit le tour des vitrines mais ce n'était jamais la bonne couleur, elle était soit trop terne, soit trop foncée. Il montrait le dessin de ses filles aux vendeuses qui, amusées, se pliaient en quatre pour l'aider. Il se sentait gauche au milieu des petits vêtements, des bonnets en dentelle et des jouets en bois. Enfin, dans une ruelle pavée, il trouva une échoppe qui vendait toutes sortes de salopettes et qui avait le même modèle et de la même couleur que celui du dessin. Il demanda un bel emballage à la vendeuse, une séduisante femme d'une quarantaine d'années, aux épais cheveux blonds. Elle portait une chemise rose à fines rayures blanches, ornée de petites fleurs bleues, sur une jupe en jean et des collants noirs. Elle essaya de discuter avec Tarek dans un mélange de français et d'italien, tout en faisant un paquet très élaboré, surmonté de nœuds et de rubans. Elle lui demanda s'il venait de Paris et Tarek acquiesça mais lui précisa qu'il était Algérien. La vendeuse rougit soudain et répéta à plusieurs reprises : « *Oh para, para !* » Tarek ne comprenait pas et sourit bêtement en secouant la tête. La vendeuse lui fit signe de l'attendre et alla farfouiller dans l'arrière-boutique. Elle en revint avec à la main une photo découpée dans un journal féminin qu'elle lui tendit. On y voyait deux paras français très musclés, vêtus de tenues militaires moulantes devant l'entrée de la Casbah d'Alger.

– *Sono belli !*

Médusé, Tarek se contenta d'acquiescer et prit le paquet joliment emballé. La vendeuse le raccompagna sur le pas de la porte où un soleil d'hiver, blanc et froid, illuminait la rue. Elle lui prit familièrement le bras et respira si fort que Tarek vit sa poitrine se gonfler. Elle lui dit une longue phrase qu'il ne comprit pas. Il repéra seulement un « *il mare* », dont il devina qu'il désignait la mer. Il hocha de nouveau la tête à plusieurs reprises et la vendeuse parut satisfaite. Elle le libéra et rentra dans sa boutique en riant doucement.

*

Le dimanche qui suivit, Tarek décida que la vendeuse avait raison et qu'il était temps d'explorer les environs. Il se rendit à la gare où il prit un ticket pour Ostia. L'employé au guichet lui expliqua dans un mauvais français que ce n'était pas la plus belle plage de l'Italie, qu'elle était même assez laide, avec une eau trouble et un sable gris, mais si c'était la plus proche qu'il voulait alors oui, c'était bien celle-ci.

C'était toute une exploration pour Tarek. Il avait mis l'unique chemise qu'il possédait et dont le col était un peu jauni et le tissu usé. Cinq minutes avant de monter dans le train, il envisagea d'annuler mais il avait déjà payé le ticket.

Il s'installa dans le wagon, le corps bien droit, heureux mais légèrement intimidé par cette escapade, et colla son front à la vitre, comme le font les enfants, pour observer le paysage qui défilait doucement. Si doucement d'ailleurs que le train s'arrêta.

Tarek ne comprit pas les annonces du haut-parleur. Les autres passagers se mirent à parler de plus en plus fort, à rire puis à crier et à se lamenter. Un homme vêtu d'un beau et long manteau rouge baissa la vitre et regarda à l'extérieur. Tarek l'imita et aperçut des gendarmes entourant une masse au loin. Il vit une jupe noire et des jambes, et comprit qu'une femme était passée sous les rails. Il fit une prière en silence pour elle avant de se rasseoir. Une femme se signa.

Les autres passagers étaient agacés par cette attente. Ils s'agitaient, s'interpellaient. Un vieil homme, muni d'une canne, la laissa traîner dans le couloir du wagon, ce qui fit tomber une gamine. Les parents furieux pestèrent contre le vieil homme qui ne parut pas s'en émouvoir.

Tarek, lui, était calme. Il savait que la mer ne bougerait pas. On pouvait lui faire confiance pour cela. Il n'avait aucune raison de s'impatienter. Le temps, il n'en manquait pas et personne ne l'attendait nulle part.

Une voix retentit et des mots furent prononcés sur fond de « *Shh ! Zitto !* » exaspérés. Les voyageurs s'agacèrent davantage. Tarek remarqua que le vieil homme remettait exprès sa canne sur le chemin et faisait semblant de s'être assoupi mais ses paupières tremblaient et il n'arrivait pas à s'empêcher de sourire.

Une femme se leva pour aller aux toilettes et se prit les pieds dans la canne, elle se rattrapa à l'accoudoir d'un siège juste avant de tomber et houspilla le petit vieux qui afficha un large sourire, ce qui décupla sa colère.

Enfin, un signal sonore indiqua que le train allait repartir. Tout le monde regagna son siège et le vieillard ramena la canne auprès de lui.

À Ostia, le train freina dans un bruit assourdissant. Les passagers en jaillirent en râlant. Tarek se dirigea vers la mer qu'il apercevait un peu plus loin. L'air marin lui rappela le port d'Alger. Il se demanda si son pays était juste en face de là où il se tenait. Il eut la gorge nouée, il était si proche, une mer à traverser, rien qui puisse effrayer un homme comme lui, deux journées de bateau et il serait de l'autre côté, quelques heures de train ensuite et il embrasserait Leïla.

Il enleva ses chaussures puis s'assit sur le sable un peu humide, sentant aussitôt ses fesses se mouiller, il n'avait pas pensé à apporter une serviette. Il sortit de sa besace un sandwich qu'il avait préparé et commença à manger, le regard fixé sur l'eau. Son repas avalé, il fouilla de nouveau dans sa besace à la recherche de son carnet et nota :

Il suffirait de voguer sur les flots gris où avant moi plusieurs générations d'hommes ont navigué. Ils ont regardé le même ciel et la même mer. Se sont assis sur le même sable que moi. Derrière la mer, là-bas, à gauche, à droite, peut-être tout droit, on ne se trompe jamais lorsqu'on va tout droit, il y a l'Algérie ou la Tunisie, l'un ou l'autre, c'est pareil, pays frères. Si je ferme les yeux, si j'oublie ce froid propre à Rome, si humide, si différent de celui de mon village, si je me concentre sur l'air marin, sur les mouettes qui crient au loin, sur le sable sous mes pieds, c'est comme si j'étais revenu à Alger et que je pouvais apercevoir au loin la ville blanche, comme si je me retrouvais proche de la Casbah, proche d'un train pour El Zahra, proche de Leïla et des enfants.

Le vent soufflait fort et lui donna mal à la tête. Il leva les yeux vers le ciel, de gros nuages gris s'amoncelaient au-dessus de lui. Un corbeau sautillait près du bord de l'eau et Tarek eut la désagréable impression de l'avoir dérangé, il se demanda si en dehors de l'été, la plage appartenait aux oiseaux et non aux humains. Il frotta ses mains calleuses l'une contre l'autre pour se réchauffer, la peau rêche, sèche, crissa. Il observa les durillons sur la paume, les ongles propres et coupés court, remarqua un peu d'encre sur l'index laissée par le stylo à l'encre bleue qu'il avait utilisé et mouilla son doigt avec sa salive pour le nettoyer.

Face à la mer, il s'était toujours senti un peu triste. Dans les terres, c'était là qu'il redevenait lui-même. Oui, dans ses terres, il n'y avait jamais de fausse note, il était Tarek d'El Zahra.

La mer était agitée, l'écume blanche colorait l'eau grise, reflet du ciel. Des chats affamés, sales et rachitiques, fouillaient dans des détritus abandonnés non loin d'un couple d'adolescents assis à proximité et qui échangeaient de longs baisers. Tarek pensa à Leïla et réalisa que sa femme n'avait sans doute jamais vu la mer. Vivre si près d'une côte et en avoir été privée si longtemps. Il se promit qu'il l'emmènerait un jour sur une plage d'Alger. Les corps des adolescents s'entremêlaient et leur respiration rauque faisait écho aux vagues de la mer.

Il faisait de plus en plus lourd, l'orage se rapprochait. Tarek remit ses chaussures et remonta vers la gare, tenant les deux pans de son manteau contre lui, les bras croisés sur sa poitrine. Il passa devant de petits cabanons de plage et contourna les adolescents, le garçon était maintenant allongé sur la fille et l'embrassait, les yeux clos. Il se sentait vieux et misérable soudain, loin de la villa du Cardinal, loin de Paris, loin d'Alger, loin d'El Zahra, loin de Leïla. « C'est toujours une mauvaise idée que d'aller à la mer seul en hiver », soupira-t-il, puis il tenta de chasser ces pensées, il n'y pouvait rien après tout, il fallait travailler en Europe pour qu'en Algérie, sa famille puisse vivre. Alors qu'il arrivait à la gare, les lumières des lampadaires s'allumèrent d'une chaude couleur orangée. Seuls quelques travailleurs fatigués occupaient son wagon et Tarek s'installa sur une banquette tout au fond. Le train démarra et l'orage éclata. Tarek se mit en boule, la tête appuyée contre la vitre striée de gouttes. Il ferma les yeux et s'assoupit. Le contrôleur le réveilla bien après l'arrivée en gare. Tarek sursauta en lâchant un cri rauque qui l'effraya lui-même, avant de se confondre en excuses auprès de l'homme en uniforme qui lui fit un sourire plein de douceur et l'invita poliment à descendre.

Il rentra à la villa du Cardinal. Malgré l'heure tardive, Alberto était assis sur un banc. Tarek passa devant lui et le salua. Le vieil homme semblait sur le qui-vive. Il s'en amusa. S'il avait pu, il l'aurait rassuré : il n'avait jamais imposé une conversation à quiconque. La solitude lui convenait autant qu'au propriétaire des lieux.

*

Le lendemain matin, Tarek faisait le tour des œuvres dans la bâtisse principale lorsqu'il entendit des éclats de voix. Alberto, en complet-veston, une écharpe autour du cou, arrivait accompagné de son secrétaire particulier que Tarek avait déjà aperçu quelquefois. Le vieil homme grommelait :

– Une séance photo ? Pourquoi accepterais-je que mes œuvres soient photographiées ? Hors de question ! Pas de journaliste ici !

Le secrétaire s'excusa à plusieurs reprises et s'éloigna à pas rapides, presque en courant. Alberto secoua la tête et continua à râler tandis que l'homme disparaissait au loin :

– Personne ne comprend rien à l'art, personne !

Il remarqua soudain son gardien et lui adressa un signe de la main. Tarek en fut surpris et ne sut quoi faire, mais Alberto l'invita à s'asseoir sur une banquette en velours où il venait lui-même de prendre place. Il s'exécuta, mal à l'aise. De la fenêtre restée ouverte, il pouvait sentir le parfum des cyprès et des pins qui montait du jardin. Il devina aussi de la glycine similaire à celle qui fleurissait à Alger. Alberto se tourna vers Tarek et lui désigna les œuvres d'art accrochées aux murs :

– Mon ancêtre était cardinal. C'est lui qui fit construire cet endroit en 1737. Mais vous savez, toute l'histoire commence en France. Mon aïeul était fils d'un marchand normand. Il tenait une boutique de vêtements à côté de la Trinità dei Monti. Son fils s'est lancé dans les affaires et après bien des vicissitudes, des mariages, des choix audacieux, la providence m'a conduit ici – et vous voici à mes côtés.

Alberto se leva sans attendre de réponse et quitta la pièce. Tarek l'entendit sortir dans le parc. Il pensa pour la première fois qu'il y avait peut-être là une forme de destinée, une raison puissante à leur rencontre, et qu'il était peut-être écrit que leurs trajectoires devaient se croiser. « Je pourrais vivre dans cet endroit sans jamais en sortir, se dit Tarek. Le temps n'est pas seulement suspendu, toutes les émotions le sont aussi. Leïla, les enfants, la maison d'El Zahra, leur éclat a pâli, ils me manquent, mais leur souvenir reste en bordure de la villa du Cardinal, comme s'ils ne pouvaient pas y pénétrer, comme si, ici, j'étais à l'abri de tout, même des gens que j'aime. Je pourrais vivre ici pour toujours sans jamais ressentir le besoin de m'en aller. Sans avoir besoin d'allumer la radio ou de lire le journal. Sans avoir envie de faire partie du monde. Je pourrais simplement me contenter de la compagnie des tableaux et des sculptures, m'habituer à ces yeux blancs, à ces bouches dures, à ces corps lisses. Je pourrais me contenter du carré de soie blanc accroché à un clou au-dessus de mon lit. Ce n'est pas l'aventure, non, c'est la fin de la tempête, c'est l'accalmie. »

La cave

Les fleurs blanches du jardin avaient vaillamment résisté à l'hiver et quand le printemps arriva, elles se multiplièrent, créant un parterre lumineux aux abords du jardin de la villa du Cardinal. Tarek demanda aux jardiniers s'il pouvait en cueillir quelques-unes, et comme les ouvriers se contentèrent de hausser les épaules, il s'autorisa à constituer un gros bouquet qu'il posa sur sa table de chevet.

Lorsque ce fut l'été, les fleurs prirent une teinte légèrement plus rose et les jardiniers se mirent à les arroser deux fois par jour. Le chat noir avait pris l'habitude de s'y allonger et plusieurs heures après son réveil, Tarek pouvait encore voir les tiges écrasées, là où le félin avait choisi de faire sa sieste.

Sept mois s'étaient écoulés depuis que Tarek avait sauté dans le Palatino quand un soir, Alberto, une écharpe en laine autour du cou malgré la chaleur du mois de septembre, l'interpella :

– Venez avec moi.

Surpris, Tarek le suivit en silence.

Alberto désigna le toit :

– Il a besoin d'être retapé, cela fait plusieurs années que je dois m'en occuper mais, *pouah*, avoir des ouvriers qui se baladent ici, qui au mieux feront tomber leurs outils sur une statue et au pire me chaparderont un objet, jamais ! Si vous êtes habile, pouvez-vous vous en occuper ?

Tarek hocha la tête. Alberto parut satisfait.

– Il faudra déplacer les bustes et les mettre à l'abri dans la cave, le temps des travaux.

– Je m'en charge.

Mais Alberto resta et aida Tarek à porter les sculptures, semblant se ficher que la poussière salisse sa veste et son pantalon. Il marmonnait des phrases en italien et en français. Tarek ne comprenait pas tout et faisait mine de ne pas être troublé par la situation. Il pensa que la seule personne à qui il pourrait raconter cette étrange soirée était Saïd. « Qui, se dit Tarek, en dehors de lui, pourrait comprendre à quel point ma présence ici est inconcevable ? » Une nouvelle fois, il regretta d'avoir perdu de vue son ami d'enfance. Dans le silence de la cave, on n'entendait que le bruit des pas des deux hommes. Tarek demanda à voix basse, presque dans un murmure :

– Ils ne vont pas s'abîmer ?

– Au contraire, la poussière les recouvrira et les protégera. Ne vous tracassez pas pour eux.

Le visage d'Alberto s'anima et toute l'inquiétude qui d'habitude crispait ses traits disparut. « Il a l'air plus jeune, plus réel », pensa Tarek. Le vieil homme poursuivit :

– C'est du bon travail, oui, Tarek, c'est du très bon travail. Ne dites rien à personne.

Tarek hocha la tête. Il crut entendre une plainte, comme un râle étouffé, il se raisonna, cela devait provenir de la maison, les canalisations n'étaient pas loin. Il récita tout de même dans sa tête un verset du Coran et se promit qu'il inclurait le sous-sol dans sa ronde pour veiller sur les bronzes. Ce ne fut qu'au petit matin qu'ils finirent de les transporter. La cave était désormais encombrée de bustes recouverts de grands sacs de plastique transparent, étalés au sol ou adossés aux murs. Tarek en eut la chair de poule. « On dirait un cimetière, pensa-t-il, c'est à la fois magnifique et terrible. »

Alberto tapa dans ses mains, l'air satisfait, et, alors que les deux hommes remontaient et retrouvaient la lumière du jour qui venait de poindre, il murmura, le visage levé vers le ciel :

– Ce que vous permet l'art, c'est d'avoir le sentiment d'être à la fois éternel et mortel, c'est quelque chose d'effrayant et de douloureux mais aussi un sentiment extraordinaire. Admirer une œuvre, c'est repousser la mort, c'est permettre à la vie de gagner. Posséder ce genre d'œuvres d'art, c'est être béni des dieux.

Tarek rectifia en pensée : « Il n'y a qu'un seul Dieu », mais il aimait bien Alberto et ne voulut pas le contrarier. Plus tard, il retourna à l'intérieur de la villa et se planta face à la *Charité romaine*. Il repensa aux mots d'Alberto et imagina le peintre à l'instar du propriétaire des lieux. Il le vit prendre ses pinceaux dans un bocal en verre et apposer délicatement un peu de couleur sur la toile blanche. Il se demanda s'il avait été content du résultat ou si, au contraire, il avait recommencé une dizaine de fois, peut-être même une centaine de fois, jusqu'à obtenir le résultat voulu, c'est-à-dire le juste éclat des yeux pour le vieillard, le juste air inquiet pour la femme.

Une foule de questions se bousculaient dans la tête de Tarek. Est-ce que le peintre travaillait la nuit ? Ou le jour ? La chaleur assommait-elle la ville, les fleurs avaient-elles gelé ? Avait-il un chat qui miaulait et qui le déconcentrait ou qui, au contraire, lui permettait de ne pas sombrer dans la tristesse de la solitude ?

Les heures passaient, et avec le temps qui filait, la peinture se transformait. Tarek la voyait évoluer, le regard de l'homme bougeait, cherchait son aide, le sourire de la femme s'étirait imperceptiblement, le cadre même de la peinture paraissait s'élargir, comme si celle-ci allait s'étaler tant et tant qu'elle finirait par occuper tout le mur. Tarek recula et trébucha sur le chat noir qui feula de colère.

Pluie macabre

Les fleurs blanches de nouveau luttaient pour leur survie mais Tarek savait qu'elles étaient robustes. Un an s'était écoulé depuis son arrivée à Rome. Il y pensa ce matin-là en boutonnant son manteau, il avait l'impression pourtant qu'il ne s'était passé que quelques jours depuis la première fois où il avait appuyé sur la sonnette du portail noir. Il s'était habitué à vivre ainsi, dans une quasi-solitude, à s'éclairer avec de petites lampes, à traverser le jardin dans l'obscurité, il en connaissait le moindre détail désormais. Seule la pluie romaine, grise, au flot ininterrompu, continuait à l'affoler. Lorsqu'elle s'abattait, il se faufilait dans les carrés de jardin et se dépêchait de se mettre à l'abri.

Alberto lui avait expliqué que l'hiver, les Romains annulaient tout. Dès lors qu'il se mettait à pleuvoir, plus personne ne sortait, plus personne ne recevait. Tarek trouvait ces gens intelligents. Et lui qui s'était toujours empêché de penser à son père emporté par la pluie et la boue ne pouvait s'empêcher d'y penser face aux trombes d'eau qui nettoyaient les rues, déversées par les nuages.

*

Quant à Leïla, Tarek continuait de lui envoyer régulièrement des mandats accompagnés parfois d'un télégramme, sans jamais oser lui dire qu'il était à Rome. Il recevait en retour quelques lettres de ses filles aînées, réacheminées par le patron du bar de Belleville qui ajoutait un billet pour lui donner des nouvelles. Si Tarek était toujours heureux de recevoir du courrier, cela était atténué par le sentiment de honte qu'il éprouvait au souvenir de son mensonge. Bientôt, il le savait, il devrait demander à Alberto un long congé et rentrer en Algérie voir les siens, mais El Zahra lui semblait si loin de Rome et de la villa qu'il repoussait sans cesse le voyage.

*

Le dernier dimanche du printemps, Tarek fut surpris par une averse et rentra trempé. Il croisa Alberto Tardinello qui emportait un cadre emballé dans du papier kraft au fond du jardin, là où il avait fait installer de fausses ruines. Tarek espéra qu'il ne s'agissait pas de la *Charité romaine*.

Il prit une rapide douche chaude et se sécha avant de passer des vêtements propres. Il scruta son visage dans le miroir et fut surpris de constater que ses yeux avaient perdu de leur dureté, que les cernes avaient disparu, qu'il retrouvait le regard doux qu'il avait, enfant. Il sourit et ce sourire spontané éclaira son visage.

Pour la première fois de sa vie, il regretta de ne pas posséder de photo de son père. Il aurait aimé savoir à quoi il ressemblait. Son père lui avait manqué à chaque moment de sa vie, les plus grands comme les plus petits. Et cette absence du père, il lui semblait qu'elle l'appauvrissait davantage, et qu'il l'avait léguée à ses propres enfants. Il avait toujours jalousé Saïd pour cela. Il pourrait travailler toute sa vie, il resterait un orphelin. « Voilà quelque chose, se dit-il, que je ne pourrai jamais m'offrir. » Son père était mort à sa naissance et son grand-père avait rendu l'âme à la naissance du père de Tarek. Il était heureux de ne pas avoir engendré de fils, même s'il considérait celui de Leïla comme le sien. Peut-être que la malédiction s'était arrêtée avec lui.

Il s'installa à son bureau et entendit les cloches de l'église sonner. Il imagina les familles romaines apprêtées se précipiter à l'intérieur des lieux saints pour éviter de finir trempées. Tarek prit une cassette vierge, la glissa dans le magnétophone et le mit en marche.

« Les mots m'ont toujours manqué. J'ai été nourri dans le silence. J'ai pleuré dans le silence. J'ai ri dans le silence. Qu'est-ce que les mots et à qui appartiennent-ils ? Tous les gens que je rencontrais étaient des hommes qui travaillaient pour les autres et qui ne voyaient jamais au-delà de l'effort. Le seul qui était différent était Saïd.

Les gens pensent que quand on a fait la guerre et qu'on a survécu, c'est terminé. Moi, j'ai fait deux fois la guerre, deux fois je suis rentré chez moi mais je suis plein de poussière et je n'arrive pas à m'en débarrasser. Elle est entrée dans ma tête et dans mon cœur. C'est le vent mauvais qui l'apporte, cette fichue poussière qui jamais ne me lâche. Les gens disent : "Tu es fort, tu as fait la guerre" ou "C'est normal, tu as fait la guerre, il fallait la faire, mais c'est terminé".

Et personne ne songe aux nuits où l'on se réveille en sursaut, où l'on regarde sous le lit pour vérifier qu'il n'y a pas de bombe, où la peau se hérisse au moindre bruit.

Depuis ma naissance, c'est comme si un vent mauvais soufflait sur moi, m'emportait, me ballottait, me brusquait et jamais ne cessait de siffler à mon oreille, m'épuisant, m'empêchant de penser, de trouver un refuge pour me reposer.

Et d'un coup, Rome ! Et soudain, la villa du Cardinal !

Le vent a cessé. Pour la première fois de ma vie, le silence, seul le silence, me tient compagnie et je m'éveille et me couche dans le calme. Il me faudra bien toute la beauté de ce jardin pour que mes yeux oublient ce qu'ils ont vu en France, en Allemagne et en Algérie, pour me faire oublier la haine des hommes.

Rome est une ville bruyante qui grouille de monde, encore pire que Paris. Et lorsque la pluie s'abat sur la ville, elle me donne le sentiment qu'elle cherche à nous fracasser. Le ciel gronde, comme s'il comptait me mettre à terre. L'autre jour, le tonnerre a frappé dans le jardin et m'a ébloui si longtemps que je ne voyais plus rien ensuite.

Depuis que je suis ici, j'ai changé. Je ne suis plus ce que j'étais ou plutôt c'est le contraire, je suis devenu celui que j'aurais été sans les guerres.

Pour la première fois de ma vie, je suis Tarek, je suis moi.

"À Dieu et à Tardinello tout est possible", et à moi, Tarek, tout devient possible également.

Je ne serai plus jamais ouvrier. »

*

Tarek avait pris l'habitude de sortir se balader à la tombée de la nuit. Il explorait les rues, cessait de marcher tout droit pour se laisser aller à toutes les fantaisies, composait des trajets de la manière dont d'autres composent des symphonies : droite, droite, gauche, droite, tout droit, gauche. Le soir, les honnêtes gens étaient chez eux. Il ne restait que les vagabonds, les fêtards, les artistes, les étrangers. Passé minuit, il n'y avait plus grand monde et les statues, les fontaines et les façades s'offraient à lui seul. Les pentes, les escaliers, les arcades et les places lui rappelaient Alger.

Une nuit, il était tombé sur une fête, à mi-chemin entre un carnaval et une procession. Des gens de tout âge, vêtus de vêtements colorés, des capes dorées accrochées autour du cou, les visages dissimulés derrière des masques en carton, des loups en velours, à paillettes ou à rayures, dansaient et chantaient, s'arrêtaient, empruntaient une autre rue, s'arrêtaient de nouveau pour danser. Tarek les avait suivis quelques minutes mais lorsqu'une jeune femme avait tenté de l'entraîner avec eux, il s'était contenté de refuser en répétant « *no no no* » et le cœur battant il avait quitté les lieux.

Il s'était perdu et ses pas l'avaient mené devant un portail qui donnait sur un jardin illuminé par des torches posées à même le sol. Il avait tenté d'ouvrir la grille mais elle était fermée, et après avoir hésité, l'avait escaladée. Il avait débouché sur une allée d'orangers et de citronniers. Le sol était recouvert de petites pâquerettes blanches très odorantes. Il reconnut au loin des amandiers qui étaient déjà en fleurs. Il s'assit par terre, le dos contre un arbre, et sortit un carnet de sa poche. Il écrivit : *Le soleil enlaidit les villes*, puis fit un croquis maladroit de l'allée et dessina les gros citrons à la peau fripée accrochés à leurs branches. Au petit matin, une nuée d'étourneaux tournoya dans le ciel qui commençait à s'éclaircir. Tarek fut étonné de leur silence, habitué qu'il était à entendre leurs cris. Les oiseaux semblèrent se précipiter vers un point précis, opérèrent un demi-tour et se lancèrent dans une valse pleine d'élégance puis subitement, sans aucune raison apparente, une centaine d'entre eux se laissèrent tomber et s'écrasèrent au sol, autour de Tarek, dans une pluie macabre.

Deux hommes et un jardin

Le printemps et l'été s'envolèrent. Au début du mois de septembre 1972, le facteur sonna à la porte. Tarek alla ouvrir et sentit un vent mauvais lui souffler à l'oreille. Il prit le télégramme que l'agent des postes lui tendait. Il avait été expédié au foyer parisien où Leïla le croyait toujours, avait été déposé au restaurant par un ouvrier puis renvoyé vers l'Italie. Il avait mis du temps à arriver, de telle sorte que Tarek ne le reçut qu'une dizaine de jours après qu'il avait été transmis.

> SITUATION GRAVE.
> LEÏLA ET LES ENFANTS EN BONNE SANTÉ.
> MAIS NÉCESSAIRE RETOUR IMMÉDIAT. SAFIA.

Et voici Tarek, tout agité, énervé comme jamais, courant vers la poste où, expliquant dans un mélange d'italien, d'arabe, de français et d'allemand, qu'il lui faut envoyer un télégramme au plus vite et qu'il payera ce qu'il faudra payer. Et voici Tarek qui soudain se mit à parler et à parler vite et à écrire.

IMPOSSIBLE RETOUR. TRAVAIL. EXPLICATIONS À VENIR.
ME DONNER DES DÉTAILS POUR POUVOIR AIDER.
ENVOIE MANDAT AVEC TÉLÉGRAMME POUR LE PROBLÈME.

Sur le trajet du retour, il croisa une vieille femme qui se déplaçait difficilement courbée en deux et qui se figea à son passage. De ses grands yeux brillants, elle le fixa avec un air méchant. « Elle sait ce que je viens de faire », pensa Tarek qui bifurqua sur la gauche pour se dérober à son regard. « Elle sait et elle me juge », se répéta-t-il.

Il tenta de se convaincre qu'il avait réagi avec bon sens. Qui renoncerait à son travail pour se précipiter à plusieurs milliers de kilomètres sans même un début d'explication ? Est-ce que deux phrases rédigées à la va-vite pouvaient réellement justifier que lui, Tarek, abandonnât cet endroit qui permettait à toute sa famille de vivre ? Les femmes se seront sans doute alarmées pour rien. Elles devaient déjà regretter ce télégramme. Le sien viendra les apaiser et le mandat, lui, résoudra les problèmes. Après tout, c'était bien ainsi le sens de la vie : l'absence contre les mandats, l'absence plutôt que la misère pour tous. Il se rassura autant qu'il put mais, pour la première fois depuis longtemps, il eut une insomnie. Il ne pouvait s'empêcher de penser qu'il n'était pas dans les habitudes de Safia de paniquer sans une bonne raison et que, sans doute, ce télégramme cachait une nouvelle terrible, qu'au moment où elle l'avait envoyé, elle devait être dans la tourmente et avait espéré que Tarek le devine. Et lui, qu'avait-il fait ? Rien. Il était rentré se cacher dans la villa du Cardinal. Mais était-il un homme ou une statue ? Il se redressa et alluma la petite lampe posée sur la table de chevet. Au-dessus de son lit, le portrait de Clément XI le fixait, le regard sévère.

Et à partir de cet instant, Tarek eut le sentiment que le temps s'étirait, comme une machine qui se serait grippée et qui ne fonctionnerait plus qu'avec difficulté. Les journées n'en finissaient pas. Il était fébrile, guettait devant la porte le facteur, se réveillait en pleine nuit cinq, six, sept fois, maudissait l'absence de téléphone au village. « Voilà, un bout de papier, quelques mots sur une feuille jaune et c'est une incursion dans mon rêve, comme si quelqu'un m'avait violemment frappé en plein sommeil, je suis ahuri, abruti, incapable de m'en remettre. Et pourquoi Safia n'explique rien ? Pourquoi m'envoyer un pareil télégramme ? Pourquoi ? Je vais devenir fou à espérer une réponse. »

Le cœur tourmenté, l'esprit fatigué, il ouvrit pour la première fois depuis qu'il était à Rome le Coran et lut plusieurs versets avant de se coucher.

Au bout de huit jours, il reçut un nouveau télégramme :

REVIENS. SAFIA.

Et s'il ne revenait pas ? Et s'il restait à Rome ? Est-ce que cela ne changerait pas tout pour lui, pour Leïla, pour les enfants ? Est-ce que le monde n'était pas trop large pour se contenter d'El Zahra ? Après tout, Saïd, lui, n'avait jamais remis les pieds au village !

Avant de se coucher, Tarek prit la décision de ne pas rentrer. Il enverrait des mandats, tous les mandats dont sa famille pouvait avoir besoin, mais il ne quitterait pas la villa du Cardinal. Il mourrait avec Alberto Tardinello. Avant de s'endormir, il se répéta comme un mantra : « Deux hommes, un jardin, on n'a besoin de rien d'autre. »

Un million de dollars

Mais dès l'aube, il sut que tout cela n'avait été qu'un rêve, qu'il était Tarek d'El Zahra, que le vent mauvais soufflait de nouveau sur lui. Il laissa un mot à Alberto pour le prévenir qu'il devait partir mais qu'il reviendrait. Il retira le mouchoir en soie, laissa le trousseau de clés sur la porte, fit un signe au chat et quitta la villa.

Il vit le portail se refermer derrière lui et resta un instant interdit. Le soleil soudain semblait avoir blanchi et ressemblait à une lune brûlante. Tarek prit le chemin de la gare. Quinze minutes à penser à ce portail qui s'était refermé. Au petit déclic qu'il avait entendu parce qu'il y était habitué mais qu'un autre sans doute n'aurait pas remarqué. Quinze minutes à se dire que c'était terminé. Que la ville lui disait adieu. Que bientôt il retrouverait une autre maison.

Le train démarra dans un affreux bruit de ferraille. Tarek somnola presque tout le trajet et ne se réveilla qu'à l'approche de Paris. La ville s'était parée de toute la palette de couleurs automnales, les arbres agitaient dans une légère brise les branches aux feuilles d'un vert brillant, les murs recouverts d'affiches sauvages invitaient à des concerts ou à manifester contre les premières caméras installées sur les routes, les passants marchaient à pas pressés. À peine arrivé, Tarek courut consulter le tableau d'affichage et acheta un ticket pour le prochain train à destination de Marseille où il attendit plusieurs heures avant de pouvoir embarquer sur un bateau. Pendant la traversée, il s'assoupit sur le ponton et ne se réveilla que lorsque le bateau atteignit le port d'Alger à l'aube. La ville blanche s'étalait face à lui. Il était tout étourdi par son voyage, comme s'il se réveillait d'un long rêve. L'Italie n'avait-elle donc été qu'un songe ? En rejoignant le quai, Tarek réalisa que de Rome, il ne rapportait aucun souvenir personnel, rien qui puisse prouver qu'il avait vécu là-bas et qu'il avait un jour passé le portail de la villa du Cardinal.

*

Le port d'Alger se déversait dans la ville, dont il est la porte d'entrée. Il n'y a que quelques centaines de mètres à traverser pour atteindre le centre de la ville. Tarek emprunta le boulevard Guevara, sorte de terrasse sur le port qu'il surplombe, passa sous les arcades des immeubles haussmanniens et déboucha sur la rue Larbi-Ben-M'hidi. Il s'installa dans un café où il commanda une limonade et demanda un journal. Il le parcourut machinalement, s'arrêta brièvement sur un article qui mentionnait que la chaire d'ethnologie de l'écrivain Mouloud Mammeri avait été suspendue par le gouvernement sur fond d'interdiction de la langue berbère, et se plongea dans la lecture d'un drôle d'article qui lui fit presque oublier son anxiété.

De notre correspondant local

Un avion américain a été détourné vers l'Algérie pour rejoindre le siège algérien du Black Panther Party à Alger. Trois hommes et deux femmes investis dans les luttes raciales aux États-Unis ont pris un billet de Detroit pour Miami. Ils ont caché trois petites armes de poing dans des bibles évidées. Les hommes se sont déguisés en prêtre, étudiant et homme d'affaires. Les preneurs d'otage ont attendu que les 94 passagers aient terminé leur petit déjeuner à bord, puis sur un titre de Stevie Wonder, ils ont négocié avec les pilotes. Ils ont exigé d'aller à Alger et un million de dollars. Les négociations ont duré deux heures.

Une fois la rançon récupérée, les passagers du vol de Detroit ont été relâchés et l'avion vide a pris la direction de l'Afrique du Nord, via Boston.

Arrivés à Alger, ils ont été interrogés par la police et placés sous surveillance dans un hôtel. Le million de dollars a quant à lui été restitué aux États-Unis – au grand dam des Black Panthers.

Tarek referma le journal, amusé, le plia et le déposa sur la table. Il laissa une pièce de monnaie et s'apprêtait à partir quand une photo attira son attention. Il rouvrit le journal et reconnut Saïd. La légende mentionnait une rencontre en librairie avec l'écrivain algérien le plus célèbre du moment, le soir même à dix-huit heures. Son train était à vingt-trois heures mais Tarek y vit un signe du destin. Les deux frères allaient être réunis.

En descendant la rue Didouche-Mourad, il s'était demandé ce qu'il allait dire ou faire. Saïd le reconnaîtrait-il après tout ce temps ou ne verrait-il en lui qu'un homme aux vêtements froissés ?

Une fois face à la librairie, face aux livres à la couverture bleue sur laquelle était dessinée une femme aux cheveux longs, à la raie au milieu, Tarek hésita. Peut-être Saïd serait-il gêné par sa présence ? À travers la vitrine, il déchiffra le texte inscrit sur la banderole affichée dans la librairie qui annonçait pompeusement : « Le premier roman algérien de langue arabe ! »

Il se fit la leçon. Après tout, il arrivait de Rome, du plus bel endroit sur terre, il n'était plus le berger qu'avait connu Saïd. Il s'apprêtait à entrer quand deux étudiants sortirent, chacun un livre à la main, échangeant de façon volubile sur l'ouvrage.

– Il paraît qu'il y a une scène très osée au milieu.

– On peut faire confiance aux arabophones pour ça ! Sous prétexte que c'est en arabe, ils se permettent tout et la censure ne les frappe jamais !

Tarek les laissa passer et entra à son tour dans la librairie. Il s'installa au fond, intimidé. Saïd n'était pas encore arrivé. Quand celui-ci entra sous les applaudissements, Tarek sourit de le voir vêtu d'un pantalon en velours beige. Il avait enfin retrouvé son ami, son frère. Et il était tel qu'il avait toujours été : élégant, rieur, charmeur.

« Tout va bien, se dit Tarek, tout ira bien désormais. »

L'écrivain sortit de la poche intérieure de sa veste un stylo à plume qu'il posa sur la table et se racla la gorge bruyamment avant de prendre la parole :

– C'est un roman sur l'Algérie d'aujourd'hui. On y croise des personnages tous liés les uns aux autres. Ils sont nés dans le village d'El Zahra, qui ressemble à n'importe quel autre village du pays. Leïla, une jeune fille des plus ordinaires, Tarek, un berger rustre mais attachant, et Safia qui fabrique des poteries, gardienne des lieux, constituent les personnages essentiels de cette vaste fresque. Leurs trajectoires sont déterminées par les bouleversements que notre pays a connus ces dernières années. Je sais que la fin de ce roman a déçu beaucoup d'entre vous, car vous avez vu dans le futur mariage de Leïla un renoncement et une victoire des traditions. Pour autant, ce livre, je l'ai écrit comme un hommage à Leïla, c'est-à-dire comme un hommage à toutes les femmes de ce pays, pour les encourager et les inciter à réclamer plus de liberté, à refuser les diktats de la société et à rêver à une vie différente.

Tarek ne comprit pas tout de suite ce que Saïd disait. Il avait été surpris d'entendre le prénom de sa femme. Il avait regardé autour de lui. Était-ce une blague ? Un coup monté ? Saïd allait-il le rejoindre et lui taper dans le dos ? Mais il ne semblait même pas l'avoir remarqué. À présent, des hommes s'étaient levés pour l'acclamer et il n'était plus dans son champ de vision. Tarek regarda la couverture du livre plus attentivement et remarqua le grain de beauté sur la joue gauche de la femme.

Il se redressa sur sa chaise. « Je suis Tarek, avait-il envie de leur crier, c'est moi le Tarek du roman, le vrai Tarek ! » Une colère sourde monta en lui. Elle embrasa tout son corps. Lui qui avait toujours réprouvé la violence n'avait à cet instant qu'un seul souhait : casser la figure à celui qui avait été tel un frère. Mais il ne bougea pas. La colère s'évanouit aussi vite qu'elle était apparue, remplacée par la honte, une terrible honte qui enflamma son visage.

Il quitta la librairie au moment où un photographe s'approchait et appuyait sur le bouton de son appareil, déclenchant un flash.

Il se précipita à la gare où il attendit son train sur le quai, sonné, si pâle, si blanc de colère, que plusieurs voyageurs lui demandèrent s'il avait besoin d'aide. Enfin, le train entra en gare. Il monta dans son wagon, très agité, et se mit en chien de fusil, la tête contre la paroi. Il arriva au petit matin et acheta le journal qui venait d'être imprimé. En troisième page s'étalait la photo de Saïd.

Et enfin, Leïla

Le ciel était déjà bleu, l'été empiétait sur le début de l'automne. Tarek retrouva ses montagnes, les plaines, les chemins de terre et fut surpris de la bouffée de joie qu'il ressentit en observant ces paysages de l'enfance. Il passa sous les oliviers, foula du bout de sa chaussure la terre rouge, s'arrêta un instant sur la place du village encore vide. « Rien n'a changé ! » se réjouit Tarek.

Il arriva devant sa maison, reconnut le petit arrosoir vert des filles sur le muret, sortit la clé de sa poche et ouvrit le portail. Il traversa le jardin et remarqua que de petits oliviers commençaient à sortir de terre. Des chats dormaient au soleil devant une coupelle en fer pleine de lait et de pain, les filles adoraient nourrir toutes les bêtes du coin. La maison était silencieuse. Il poussa la porte. Leïla était assise sur une chaise face à la table, vêtue d'une robe à carreaux. À la vue de son mari, elle fut sur le point de se lever, mais ses jambes, incapables de la porter, se dérobèrent et Tarek se précipita vers elle pour l'enlacer. Il se laissa tomber à genoux et l'embrassa longuement avant d'admirer ses cheveux séparés par une raie, les grands yeux en amande, le nez droit, le grain de beauté sur la joue gauche et de respirer le parfum de fleur d'oranger. « Rien n'a changé ! » se répéta-t-il ému, et l'espace d'un baiser, il pensa que ce n'était pas si grave, que ce retour, au fond, c'était pour retrouver Leïla. Il embrassa sa femme et le temps que cela dura, il oublia Saïd, le télégramme qui l'avait fait accourir, il oublia la colère et la honte, il ne pensa qu'à ses lèvres sur celles de sa femme. Il la souleva et la plaqua contre lui mais elle s'écarta et le repoussa à pleines mains. Elle fit le dos rond, croisa ses bras. Il eut peur qu'elle ne se mette à pleurer mais se rappela que Leïla n'avait jamais versé une seule larme depuis son premier mariage.

Tarek s'excusa de ne pas avoir de cadeaux, voulut ouvrir sa valise, la défaire, enlever ses chaussures ou même ressortir tout de suite et aller en ville acheter des présents pour les jumelles, il s'en voulait d'arriver les mains vides, mais Leïla l'arrêta. Elle lui montra des billets de train.

– Il faut partir, dit-elle.

– Mais, partir où ?

Il désigna la maison. Les murs qu'il avait bâtis seul. La peinture qui s'écaillait par endroits. Il regarda le plafond dont le toit-terrasse au-dessus était leur luxe à eux. Les meubles qu'il avait fabriqués patiemment, avec du bois et des branches d'arbres. Partir ? Mais il était déjà parti longtemps et le voilà de retour à sa demande, et Leïla parlait de partir ? Et ces billets n'étaient que des allers simples.

Leïla se mit à parler. Et Tarek écouta car il n'y avait plus rien d'autre à faire. Et enfin, enfin Leïla put raconter.

2

LEÏLA

Un sourire

« Le soir où j'ai quitté la maison de mon premier mari en emmenant mon fils, je pensais d'abord aller chez mes parents. Je me suis approchée de leur maison et je m'apprêtais à donner les trois coups habituels, ceux qui annoncent que c'est moi, leur fille la plus jeune, quand j'ai arrêté mon mouvement. J'ai eu peur soudain, non pas de l'obscurité, au contraire, cela me cachait des voisins, mais j'ai eu peur que mon père me traîne chez mon mari et me ramène de force, et alors qu'aurais-je fait, qu'aurais-je pu faire ?

J'ai donc changé d'avis et je me suis rendue chez Safia. Il faisait froid et je me suis inquiétée tout au long du trajet parce que je portais mon bébé contre moi et j'ai craint qu'il ne tombe malade. Je lui fredonnais une berceuse. Je voulais qu'il dorme pour qu'il ne sente pas à quel point j'étais terrifiée. Je me suis arrêtée devant la maison de Safia et j'ai toqué plusieurs fois mais elle était absente. J'ai attendu et tu es arrivé. Tu rentrais chez toi après avoir ramené le troupeau.

Le lendemain, les sages sont venus. Ils m'ont entourée, avec la bénédiction de mes parents, et ont commencé leur interrogatoire. Ton mari t'a-t-il battue au point que tu ne puisses plus te lever ? ont-ils demandé. A-t-il refusé que tu ailles voir ton père et ta mère chez eux ou tes ancêtres au cimetière ? A-t-il dépensé son argent pour une autre que toi ? Non ? Eh bien alors, pourquoi abandonner ton foyer ?

Je n'étais plus personne. J'avais quitté mon mari et, dans le village, on ne me le pardonnait pas. Mon père ne me parlait plus. Mes frères et mes sœurs ne nous rendaient plus visite. Ma mère ne s'adressait à moi qu'en chuchotant, et uniquement en l'absence de mon père.

Les sages détournaient le regard lorsque je les saluais et les autres hommes du village, au contraire, me fixaient et je savais bien sûr ce qu'ils imaginaient.

À cette époque, quelle femme quittait son mari ? Mais je n'étais pas une femme quand on m'avait fiancée ! J'avais à peine treize ans. La veille de la cérémonie, je jouais encore avec une poupée en chiffons.

La guerre a été en quelque sorte un répit pour moi. Bien sûr, on crevait de faim, mais les hommes étaient partis et plus personne n'écoutait les vieux, nous les femmes nous tenions le village, nous dictions nos règles. Plus personne n'avait le temps pour les médisances. Un jour, et c'est là une histoire que je n'ai jamais racontée à personne, une dame du village est morte. Sa fille lui rendait visite et elle l'avait trouvée ainsi. Elle a quitté la maison juste le temps de prévenir son frère et je l'ai entendue le dire à deux voisines dans la rue. Je suis entrée chez la morte, je suis passée devant le cadavre et je lui ai pris toutes ses provisions pour nourrir mon fils. Ne me juge pas, je ne suis qu'une femme et cela a toujours causé mon malheur. Au moins, si j'avais été un homme, j'aurais fait la guerre, et à la guerre on meurt peut-être, mais on mange !

Le lendemain de ton départ pour le front, Saïd est venu rendre visite à mon père. Une visite de courtoisie. Il n'avait parlé de rien en particulier mais j'ai vu son sourire et son regard quand j'ai servi le café. J'ai deviné ses intentions, comme lui a vu mon sourire et mon regard.

Une semaine plus tard, il se faisait lui aussi embarquer par l'armée française.

Mais qu'est-ce qu'un sourire et un regard ? Est-ce une promesse ? Non. Mon père, lui, avait fait plus que sourire et échanger des regards, il avait promis à Saïd que je l'épouserais, lui avait raconté que j'étais d'accord. Il l'a promis à presque tous les hommes du village en âge de partir à la guerre. Cela je ne l'ai appris que bien plus tard. Il ricanait avec ma mère : "Oh, il y en aura bien un plus malin que les autres pour ne pas se faire tuer. Puisqu'ils sont plusieurs à vouloir d'elle malgré ce qu'elle est, disons oui à tous les prétendants et voyons ce qu'il en sortira."

J'étais donc à Saïd. Et à d'autres. Peut-être à personne, au fond. C'est un trou noir dans l'histoire.

Et toi tu es revenu. Le premier du village ! Avec tes deux jambes et tes deux bras. Il ne te manquait rien. Oh, tu étais transformé bien sûr. Tu n'étais plus le petit berger mais un homme renfermé, taciturne, sombre.

De ce que tu as vécu dans les camps, tu n'as jamais parlé. Tu n'as jamais voulu me le raconter mais sais-tu que certaines nuits, le peu de nuits que nous passons ensemble, il t'arrive de crier des mots en allemand ? Il me semble que ce sont des ordres car tu les dis sur un ton très autoritaire. Sais-tu que tu pleures dans ton sommeil et qu'il me faut te tenir la main pour que tu t'apaises ?

Oui, tu es revenu et tu étais quelqu'un d'autre mais tu étais toujours un homme bon. Ça, tu l'as toujours été.

Saïd, lui, était en Europe, on le disait occupé à écrire des pièces de théâtre pour de grands théâtres, on murmurait qu'il allait devenir célèbre et bien sûr sa demande était toujours d'actualité. Mais cela, moi, je l'ignorais.

Qui a trahi ? Qui n'a pas trahi ? Y a-t-il eu trahison ? Les versions n'ont cessé de changer.

Le lendemain de ton retour, tu as demandé ma main. Tu es rentré un soir et le lendemain, ta mère et Safia étaient chez nous. Je n'en étais pas surprise. Je savais que tu avais toujours voulu m'épouser, bien que je ne le comprenais pas. J'étais déjà divorcée et mère d'un enfant de six ans.

Ton père avant toi avait épousé ta mère qui était orpheline et muette. Ton père, si beau, si grand, si fort. Ma mère m'a raconté que tout le village en avait été choqué. Pourquoi prenait-il pour épouse cette femme sans voix ? Et toi, pourquoi prenais-tu cette femme qui avait déjà connu un mari, pourquoi t'encombrer d'un enfant qui n'était pas le tien ?

Si les sages avaient pu, ils m'auraient peint le mot "divorcée" sur le front et m'auraient chassée. Ils ne m'ont jamais pardonné au fond d'avoir repris ma liberté. Ils avaient reproché à mes parents de ne pas avoir été assez sévères avec moi. Qu'ils se rassurent, ils l'avaient été ! Ils avaient prétendu que je créais un précédent, que j'allais entraîner dans la débauche toutes les femmes du coin ! Que la honte, rien que ça, allait s'abattre sur tout le village, que je ferais la une des journaux !

Quand tu es revenu, j'ai pensé que je pourrais enfin relever la tête et que sur mon front, on pourrait peindre "mariée". De père en fils, me disais-je, oui, de père en fils, vous choisissiez des femmes différentes. J'ai accepté. Pas par dépit, pas parce que Saïd n'était pas revenu. J'ai dit oui parce que, petite fille, lorsque je sautais de la fenêtre pour vous rejoindre, Saïd continuait de courir pour arriver le premier mais toi tu attendais, tu me laissais même prendre un peu d'avance.

Aurais-tu rejoint le FLN sans la Seconde Guerre mondiale ? Peut-être pas. Peut-être que tu aurais cédé à la peur, mais la guerre, la grande guerre, t'avait broyé, avait fait de toi un soldat.

Les Français sont partis. Leurs maisons ne sont plus leurs maisons. Elles sont redevenues les nôtres. La terre ne donne rien. Comme les autres hommes, tu es absent presque toute l'année. Chaque fois que tu reviens, tu maçonnes, bâches, enduis, tôles.

Et moi, j'ai élevé tous nos enfants, je les ai vus grandir, se sentir de plus en plus à l'étroit dans le village, j'ai vu les aînés partir, aller dans la grande ville. J'ai vu mes filles vivre comme je n'aurais jamais rêvé pouvoir le faire. Je les ai vues revenir mystérieuses, silencieuses, secrètes.

Et je me suis retrouvée avec les deux plus petites. Je me suis mise à écouter la radio. Le président nous répétait inlassablement que nous devions apprendre à lire, à écrire, envoyer nos enfants à l'école, montrer au reste du monde que nous pouvions nous aussi nous élever après tant d'années de colonialisme, que nous étions tous des ambassadeurs de l'Algérie et des enfants de la révolution. Que nous devions être intelligents et cultivés. Et fiers et tant d'autres choses encore. Mais pourquoi ne parlait-il que de nos enfants ? Moi aussi, je voulais apprendre.

Un soir, après avoir couché les petites, j'ai sorti les vieux cahiers des enfants et les livres et les stylos et les ardoises et les craies. Je les avais vu faire tant de fois. J'avais couvert les cahiers, nettoyé les sacs, rangé les affaires tant de fois. Je connaissais les lettres sans les avoir apprises. Je m'asseyais à la table des petites pendant qu'elles faisaient leurs devoirs et j'écoutais, j'apprenais en même temps qu'elles, sans leur dire. Je me suis mise à récupérer les journaux chez Safia et je les lisais, oui, Tarek, je lisais le journal ! Je ne comprenais pas tout mais je me forçais à suivre les nouvelles.

J'ai voulu te l'écrire. Si tu fouilles dans l'armoire, sous mes robes, tu trouveras des papiers remplis de mon écriture, des bouts de phrases, j'ai voulu te confier que désormais je savais écrire et lire mais toi, tu m'envoyais toujours les mêmes mots : VAIS BIEN – MANDAT SUIT. Et moi je ne t'ai rien écrit et je ne t'ai rien dit quand tu revenais. Je n'ai pas osé. Cette part de moi, je n'avais pas envie de la partager avec toi, comme toi, tu n'as pas souhaité m'informer de ton départ pour l'Italie. Ne baisse pas la tête, je ne t'en veux pas. Lorsque la femme d'un ouvrier de l'usine où tu travaillais m'en a parlé, j'ai fait mine de ne pas être étonnée, j'ai retenu mes larmes, j'ai caché mes mains tremblantes et j'ai souri car c'est ce que les hommes attendent des femmes : que nous sourions.

À la mort de son père, Saïd est revenu. Tu étais à Alger, tu travaillais sur le film de Pontecorvo. Avant de repartir, Saïd est venu chez nous. Il s'est arrêté devant notre maison, il a attendu que je sorte. Et je suis sortie. Et je l'ai vu et il m'a vue. Après tant d'années.

Il avait pleuré son père et son visage était pâle. Il était énervé, il n'arrêtait pas de passer la main dans ses cheveux. Il ne disait rien, il me fixait, furieux, le regard insistant, il détaillait mes mains abîmées par le ménage, je tentais de les cacher derrière mon dos. J'ai voulu parler, lui parler en faisant semblant qu'il ne s'était jamais rien passé, qu'il n'y avait pas eu un jour un regard et un sourire, car après tout, peut-être qu'il ne s'était jamais rien passé.

« Combien de temps depuis la dernière fois ? » ai-je demandé. Il n'a pas eu besoin de compter, il savait très exactement combien cela faisait. J'ignorais ce qu'il me voulait. J'avais mes trois enfants et les jumelles qui poussaient dans mon ventre. Encore des filles, j'en étais certaine, tu ne me donnais que des filles et tu en étais heureux. Tu as toujours été heureux de ce que le sort nous réservait. J'ai pensé que Saïd venait s'excuser auprès de toi car, après tout, il t'avait abandonné, toi qui étais comme son frère, non, pas comme son frère, qui étais son frère. Je pensais qu'il passait nous voir en ami. Après tout, je n'étais plus la Leïla de sa jeunesse, mon corps n'était plus un corps de femme mais celui d'une mère, il n'y avait plus rien qui puisse empêcher les retrouvailles entre vous. Mais il n'était pas là pour ça.

Il examinait mon ventre et il semblait de plus en plus en colère, et moi, de plus en plus nerveuse, Saïd m'a toujours troublée. J'ai commencé à lui expliquer que sans doute ce serait de nouveau une fille, qu'il faudrait revenir lorsqu'elle serait née et que tu serais peut-être de retour à ce moment-là mais il me cria qu'il avait toujours su que tu ferais de moi ce que j'étais devenue, que tu me laisserais mourir dans le village, qu'en te choisissant, j'avais renoncé à connaître le monde. Il vomit d'autres horreurs et je ne les ai jamais oubliées.

Toute cette hargne, après tant d'années… Et j'attendais, devant le petit portail noir, qu'il ait terminé de parler. J'avais essayé de l'interrompre pour lui dire qu'il n'avait pas le droit de s'adresser à moi de la sorte. Que j'allais apprendre à lire. Que je n'étais pas idiote, que moi aussi je pouvais faire plus. Et toutes ces heures la nuit à buter sur un mot, à tenter de donner du sens aux lettres. Et ces livres si fins dont j'allais finir par venir à bout. Et les feuilletons dans les journaux que je dévorerais un jour.

Et tout ça, ce n'était rien ? Tout ça, ce serait encore trop peu pour lui, bien sûr, mais pour nous c'est bien assez. Nous n'avons pas besoin de plus.

Et toi, Tarek, tu n'étais donc rien pour Saïd ? Je me suis mise à crier, moi aussi. J'ai dit que tu avais défendu son père quand lui était je ne sais où, que tu avais fait ton devoir en tant qu'Algérien pendant que lui imaginait des pièces de théâtre bien caché en Tunisie. Est-ce qu'on fait la guerre avec du théâtre ? je lui ai demandé. Est-ce que ce qu'il a écrit a fait de nous des êtres libres ? Non !

Je lui ai dit qu'il devait s'en aller, mais que si un jour son cœur s'apaisait, il serait le bienvenu chez nous, que je lui pardonnais déjà les mots prononcés ce soir-là, que ce n'était pas très grave, les mots, ils ne blessent pas vraiment, il me suffirait d'oublier cet instant, de ne plus y penser.

Il a fini par partir, et moi, je suis rentrée dans notre maison en priant pour qu'aucun voisin ne nous ait vus. J'avais accueilli le coucher du soleil avec soulagement, la nuit nous protégeait du regard des méchants. Même si notre maison était isolée et que j'étais bien enceinte, nous n'étions pas à l'abri de ragots.

Les jumelles sont nées quelques semaines plus tard et tu es revenu au milieu du tournage pour les voir. Je ne t'ai pas parlé de Saïd, ni de mon désir d'apprendre à lire et à écrire. J'ai pensé que cela s'arrêterait là. Qu'il avait fait tout ce qu'il pouvait. Qu'un jour, avec le temps, avec l'âge, les choses se tasseraient. Je n'avais pas compris, pas vu, pas voulu voir que ce n'était que le début. Et quand je repense à ce soir-là, je me dis que j'aurais dû l'assommer avec la pelle et l'enterrer dans le jardin.

J'aurais dû savoir que des années plus tard, Saïd reviendrait dans notre vie. Et la honte aussi.

Notre vie n'est pas parfaite, Tarek, elle n'est pas facile non plus, mais nous avons nos enfants, et notre maison qui année après année est de plus en plus belle, de plus en plus grande grâce à toi, au sacrifice que tu as fait d'aller vivre loin de nous, au sacrifice que je fais d'avoir un mari que je ne vois que tous les deux ans. Nous avons deux fillettes qui dorment dans la pièce d'à côté, qui ignorent qu'elles sont devenues des parias dans le village, qu'elles ne pourront pas aller jouer avec les petits voisins tout à l'heure car plus personne ne voudra de mes filles maintenant.

Nous avons semé des graines pour faire pousser des figuiers de Barbarie. Te souviens-tu que nous en avions parlé au début de notre mariage ? Et le temps a filé et nous ne l'avons jamais fait. Je l'ai raconté à Safia l'autre jour et elle m'a apporté des graines.

Lorsqu'elles se réveilleront, les jumelles me demanderont si elles peuvent se rendre au puits pour remplir le petit arrosoir et mouiller la terre sous laquelle reposent les graines. Elles voudront aller sur la place regarder les vieilles affiches des bals des Français toutes défraîchies mais qui sont toujours collées, qui tiennent malgré les années qui sont passées, rappel de ce que nous avons été, comme si la France jamais ne pouvait vraiment partir d'ici.

Et que vais-je leur répondre ?

Qu'après la visite faite à Safia il y a quelques semaines, nous sommes rentrées avec un panier rempli de bonnes choses, de petits pains, de galettes et de gâteaux. Que nous avons dîné et que je les ai mises au lit. Que toute la soirée, j'ai été tourmentée et soucieuse, que je me suis souvenue que, sur le chemin, des jeunes filles m'avaient lancé des sourires narquois et que des hommes bien élevés n'avaient pourtant pas détourné le regard, qu'au contraire ils m'avaient fixée avec insistance. Que j'ai eu une douleur dans le cœur qui n'a eu de cesse de s'amplifier, qu'elle est toujours là, tiens, pose ta main sur mon cœur, tu sens ?

Que cette douleur m'a empêchée de me lever pour te saluer quand tu es rentré. Que j'ai fait comme Safia m'avait appris à faire dans les moments difficiles : j'ai respiré lentement, j'ai compté jusqu'à cinq et expiré longuement mais cela n'a pas marché.

J'ai écossé les petits pois, j'ai lavé le sol et j'ai attendu que le drame ait lieu. Et je n'ai pas eu à patienter longtemps. Je les ai entendues arriver avant de les voir. Les bruits de pas et les cris surexcités de toutes les femmes du village ont facilement atteint mes oreilles, oh, les vitres sont fines et la méchanceté est bruyante !

Que dire à mes filles ? Que j'ai soulevé un coin du rideau, que j'ai vu toutes ces femmes qui se dirigeaient vers notre maison, les yeux pleins de malice et de méchanceté, les bouches énormes, ricanant et vomissant des perfidies ?

Que je devinais qu'elles avaient beaucoup parlé entre elles et qu'ensuite elles s'étaient précipitées chez moi et que déjà, alors même qu'elles n'avaient pas encore passé le seuil de ma maison, elles n'en pouvaient plus d'attendre et se dépêchaient de m'apporter la mauvaise nouvelle, mais elles ne voulaient perdre aucune miette de l'histoire, car il n'y en avait pas tant dans le village. Chacune devait avoir délégué les enfants et le dîner aux filles aînées ou aux petites voisines pour avoir tout leur temps. Elles s'enlaçaient, se tenaient par les épaules, s'arrêtaient pour reprendre leur souffle, mains sur les genoux.

J'ai pensé verrouiller la porte et ne pas leur ouvrir, mais je n'en ai même pas eu le temps, elles sont entrées sans frapper. Elles ont jailli chez moi et ont parlé toutes en même temps au début, et je ne comprenais rien. La plus âgée a tapé du poing sur la table et tout le monde s'est tu.

Elle m'a dit : "La semaine dernière, mon mari qui écoute toujours à la radio l'émission culturelle 'La guerre et la culture' m'a appelée et a insisté pour que j'arrête de laver les draps et que je vienne écouter l'émission du jour. C'était Saïd qui parlait, notre Saïd ! Il venait présenter son livre, un roman, sur une chaîne de radio nationale, ce n'est pas extraordinaire ? Dès que l'émission s'est terminée, mon mari est parti en ville pour téléphoner à notre fils qui, tu le sais, est pharmacien et possède sa propre officine à Alger. Il lui a demandé d'acheter le livre et de le lui envoyer au plus vite. On l'a reçu hier dans un joli paquet, accompagné de tout un tas de petits cadeaux envoyés par ma bru. Mon mari a passé la nuit à lire le livre et figure-toi qu'il parle de notre village et… de toi, ma pauvre Leïla !"

Regarde, ma robe est trempée de sueur. Elle me colle au dos. Sers-moi un verre d'eau, je t'en prie, je t'ai si souvent servi, Tarek, tu peux faire cela pour moi, n'est-ce pas ? Merci.

Je me suis figée. Je n'ai rien dit à ces femmes méchantes. Que pouvait bien raconter Saïd ? Une voisine m'a prise en pitié et m'a tout expliqué en parlant très rapidement. Je crois qu'elle voulait m'épargner un trop long tourment : "Tu es le personnage principal du roman, Leïla. Tu es devenue un personnage ! Il y a le prénom de ton père et de ta mère. Il y a Tarek aussi. Et il y a le nom de notre village. Vous êtes dans le livre."

Une autre voisine l'a interrompue et m'a regardée avec… avidité, comme si elle était affamée, comme si elle n'avait rien mangé depuis des jours. Et elle a cité des passages entiers du livre, elle qui ne sait même pas lire, des choses que je ne te répéterai pas, jamais, que je passerai le reste de ma vie à oublier. Et cette voisine ne s'interrompait que pour me demander : "Est-ce que c'est vrai, Leïla ?

Il décrit ton corps avec tant de détails, comment est-ce possible ? Et le pauvre Tarek qui travaille si dur en Europe pour que toi et les filles ne manquiez de rien !”

Oui, comment Saïd savait-il tout cela sur moi, sur ma famille, sur nous ? Comment avait-il réussi à comprendre qui j'étais et qui tu étais en nous ayant si peu fréquentés ces trente dernières années ? Quel nom porte cette sorcellerie qui donne le pouvoir de deviner les corps, les pensées et les rêves les plus intimes de deux personnes ?

Quand toutes les voisines sont parties, Safia est arrivée, m'a serrée longuement dans ses bras et a rincé mon visage avec de l'eau froide. Elle m'a ensuite préparé une tisane et a passé la nuit avec moi. Au petit matin, elle est partie en ville pour t'envoyer un télégramme et acheter des billets de train. Elle est venue tous les jours s'occuper des filles, et moi, je n'ai presque pas bougé de cette table. Je tente jour et nuit de comprendre comment un livre, c'est-à-dire des feuilles blanches sur lesquelles quelqu'un a imprimé des signes noirs, peut être à l'origine d'un bouleversement si grand et comment la langue arabe, ma langue à moi, peut m'avoir blessée aussi fort, peut avoir dévoilé à tout le monde mon corps et mon être au point de m'avoir confisqué mon identité ?

C'est donc ça être écrivain ? Couper, monter, imaginer des souvenirs ? Prendre les albums photos et fouiller dedans ? Créer une histoire à partir de petits bouts ? Changer les dates, mélanger des événements ? Créer à partir de rien ?

Et maintenant ? Je me fiche bien au fond de savoir tout ce qu'il a pu écrire dans son satané livre, mais on va à nouveau parler de moi. Je serai de nouveau “la Leïla qui” et je n’y peux rien, je suis enfermée dans ce livre. La rumeur me précédera toujours, et la Leïla du roman prendra ma place, existera alors que moi je disparaîtrai.

Je suis la seule Leïla du village, tu es le seul Tarek ! Et nous avons disparu. Saïd nous a tués, tu comprends ?

C’est ça qu’il y a après la mort. On le sait désormais. Ni paradis ni enfer. C’est l’état dans lequel nous sommes, des espèces de fantômes du réel. L’imagination d’un écrivain est donc plus forte, plus importante, plus respectée que la vie de deux personnes ? C’est donc ça ce qu’on appelle la littérature ? C’est ce que font les grands hommes ? Prendre les vies des petites personnes comme nous, pour les mettre dans des livres ?

Et nous ? On devient quoi, nous ?

Rien, oui, on ne va rien devenir. Les écrivains mentent, et en mentant, eux s’élèvent, et nous ils nous rabaissent.

Alors, nous partons. Je vais décider à présent, Tarek. C’est mon tour. Et je décide que nous partons, que nous quittons cet affreux village, nous allons rejoindre nos filles aînées à Alger, et jamais, tu m’entends, jamais, nous ne reviendrons.

Peu m’importe ce que raconte ce roman, je ne le lirai pas et toi, non plus. Je te l’interdis. Il me suffit de savoir que mon prénom ne m’appartient plus. Que mon histoire a été salie. Que mon corps est connu de tous. Que je ne peux rien y faire. Et toi, tu ne peux pas non plus me protéger. Ce qui est écrit est écrit pour toujours. Les livres sont là, et qu’est-ce qu’on y peut, nous ?

Nous partons, Tarek, tu m'entends ? C'est moi, Leïla, qui décide.

Aux enfants, nous ne dirons rien. Et entre nous, nous n'en parlerons plus jamais. Nous allons partir, Tarek, et désormais, je déciderai. »

Alif et *ba*

Et ils étaient partis sans rien emporter. Ils s'en allèrent avec leurs fillettes dans les bras, elles qui s'étaient réveillées, tout excitées par le retour de leur père et les préparatifs de ce départ si soudain, et avaient fini par se rendormir blotties contre leurs bustes.

À plusieurs reprises, dans le train qui les emmenait à Alger, Leïla s'était tapé le front, avec le plat de la main, brutalement, comme pour se marteler une nouvelle vérité.

Je suis Leïla, je suis Leïla sans aucun doute. Je suis Leïla et Leïla habite à Alger. Je suis Leïla.

Elle n'en finissait pas de répéter cette phrase.

À leur arrivée à la gare, ils avaient attendu l'autobus une bonne heure avant d'abandonner et de marcher jusqu'à la maison de la Casbah qu'occupait Tarek quand il travaillait pour Pontecorvo et où habitaient leurs deux filles aînées depuis qu'elles étaient entrées à l'université. Sans même les serrer dans ses bras, et alors même qu'elle tenait toujours l'une des jumelles, Leïla leur avait dit : « Je suis Leïla et lui, c'est Tarek. »

Et autour d'elle, le silence s'était fait. Personne n'avait rien trouvé à répliquer.

Ensuite seulement, elle avait embrassé ses enfants, puis avait retiré son haïk qu'elle avait remplacé dès le lendemain par un voile couvrant ses cheveux.

Elle avait retroussé les manches de sa robe bleue, offerte par Tarek. Elle avait passé un tablier, inspecté le réfrigérateur et le panier de légumes et s'était installée dans la cuisine. Elle avait gratté avec un petit couteau la terre des pommes de terre. *Je suis Leïla, je suis Leïla. C'est moi Leïla.* Sa tête bougeait au gré de la phrase sans cesse répétée et avec elle ondulait sa longue tresse châtain clair qui s'arrêtait au milieu de son dos. Tarek était resté figé sur le pas de la porte, les bras ballants, tandis que les enfants s'étaient éparpillés comme des moineaux, les grandes portant les petites. Leïla avait interpellé son mari, agacée de le voir ainsi immobile.

– Qu'est-ce qui se passe ? Qu'as-tu à m'observer ?

– Rien.

– Pourquoi es-tu toujours derrière moi ? Trouve-toi une occupation !

– Je vais lire le journal.

– Non ! Plus de journaux ici ! Plus jamais, tu entends ? Je te l'interdis !

– D'accord, d'accord !

– Va le jeter ! Dehors, pas dans notre poubelle !

– Je m'en occupe, je reviens tout de suite.

– Attends.

Leïla avait récupéré dans l'évier la feuille de journal tachée qui enrobait peu de temps auparavant des sardines, elle en fit une boule et la lança à Tarek. De la fenêtre, elle le vit s'installer le plus confortablement possible sur une marche en pierre et défroisser le journal. Elle pesta contre lui.

C'est moi, Leïla !

Dès le lendemain, Leïla avait décidé de bannir tous les livres de leur maison. Elle fouilla les étagères et les bureaux de ses filles, rassembla tous les ouvrages et toutes les revues dans la cour baignée de lumière. Seul un exemplaire du Coran fut gardé. Une vieille édition à la couverture vert et rose qui avait appartenu au père de Tarek. Ce ménage fait, elle avait emporté tout ce qu'elle avait trouvé et l'avait déposé devant la porte, avait guetté le passage de l'âne qui ramassait les poubelles, et une fois l'animal à côté de sa maison, elle avait tendu à son maître le sac de livres en le priant de tout faire disparaître.

Cela n'avait en rien diminué son tourment. Sa peine était toujours aussi immense, sa colère avait continué à la consumer. Lorsque ses filles étaient rentrées, elles avaient découvert éberluées qu'elles n'auraient plus le droit d'apporter de livres à la maison. Leïla tolérait les cahiers tant qu'ils ne traînaient pas devant ses yeux. Ses enfants avaient été priées d'aller réviser et étudier dans les bibliothèques de la ville.

Sa fille cadette tenta de protester mais Leïla lui cria :

– Nous ne voulons aucun livre dans cette maison. Ce sera ainsi pour toujours.

Si elle l'avait pu, Leïla aurait même arrêté de parler. Ne pouvant se résoudre à cela, elle s'était contentée de n'utiliser les mots qu'avec parcimonie. Elle avait tenté de répertorier ceux absolument nécessaires et de les comptabiliser pour n'en utiliser qu'un certain nombre par jour, mais elle n'y était pas arrivée et avait fini par baisser les bras.

Et toutes ces heures qui venaient après les heures consacrées au ménage, à la couture, à la cuisine, aux soins des enfants, aux comptes de la maison, à faire le marché, toutes ces heures à recopier des mots, à tenter de donner du sens à des lettres collées les unes aux autres, à cette langue, l'arabe, la seule qu'elle comprenait et parlait malgré la présence de la France pendant plus d'un siècle, toutes ces heures à vouloir désespérément ne plus être une analphabète, elle avait tenu à les récupérer après le drame et la fuite.

Elle y avait mis toute son énergie avec rage.

Tous les matins, elle s'asseyait sur la chaise devant la petite table en Formica et, les yeux fermés, les mains bien à plat, elle répétait d'une voix grave et forte, d'une voix de méchante : « *Alif. Alif. Alif. Alif* n'existe plus ! *Ba*, *ba*, *ba*, plus de *ba*, oublié *ba* ! *Alif* et *ba*, *Alif* et *ba*, *Alif* et *ba* ! » Et le fait de répéter ces lettres les imprimait davantage dans sa mémoire, mais elle se forçait à croire que non, qu'elle les oublierait ainsi et que bientôt, elle ne saurait plus lire.

Ses enfants avaient essayé de la raisonner, en vain. Que la langue arabe, sa langue, son refuge, ait pu la blesser ainsi, la trahir, elle ne lui pardonnerait jamais.

Tarek l'avait laissé faire. Elle lui en avait été reconnaissante.

Elle se doutait, bien sûr, qu'après sa journée à Blida, où il avait trouvé du travail dans une usine, Tarek lisait le journal, mais elle faisait mine de l'ignorer.

Le sarcophage

Trois mois après qu'ils eurent emménagé dans la Casbah, la ville s'agita. Les rideaux derrière les fenêtres bougèrent. Des hommes parcouraient les rues, grimpaient les marches, tapaient fébrilement aux portes. Leïla alla prendre le café chez l'une de ses voisines qui lui raconta, excitée, qu'un film allait être tourné, adapté du grand roman à succès de l'écrivain Saïd B. Le réalisateur cherchait une femme d'une vingtaine d'années, brune aux cheveux longs, pour incarner Leïla, l'héroïne. Toutes les jeunes filles qui rêvaient de faire du cinéma s'étaient inscrites pour passer le casting. Leïla s'excusa auprès de son amie, elle avait laissé un plat sur le feu. Elle ferma les rideaux. « Ça ne s'arrêtera donc pas ? se demanda-t-elle. Faut-il déménager ? Mais pour aller où ? Les enfants refuseront de nous suivre. » Le soir venu, les filles trouvèrent leur mère dans le noir. Leïla leur cria de ne pas allumer. Lorsque Tarek arriva à son tour, Leïla servit le dîner et tout le monde mangea en silence. « Il faut faire semblant, se dit Leïla. Et peut-être que nous pourrons nous en sortir. »

Le lendemain, des affiches fleurirent dans les rues de la Casbah, sur les portes des maisons. Plusieurs rôles étaient à pourvoir : ceux de Tarek, de Safia, des parents de Leïla et même un bel homme pour jouer « l'écrivain », ce mystérieux personnage auquel Saïd n'avait pas donné de nom. Leïla fit mine de ne rien voir et s'isola dans sa maison, prétextant une vague maladie qui l'empêchait de sortir. Les filles, mal à l'aise, rassuraient autant qu'elles pouvaient les voisines curieuses, leur mère avait des migraines, cela lui arrivait parfois, avec un peu de repos elle irait mieux.

La migraine dura un an et ne passa que lorsque le vent et la pluie arrachèrent les affiches, que le tournage du film débuta dans un village à plus d'une centaine de kilomètres d'Alger. Alors seulement, Leïla recommença à fréquenter ses voisines sans avoir l'impression que sa honte s'affichait sur son visage.

Elle guetta la sortie du film dans les salles, deux ans plus tard, et fut soulagée de constater que tout le monde autour d'elle s'était désintéressé de cette histoire. Elle alla examiner en cachette l'affiche dans le centre-ville, l'actrice ne lui ressemblait pas.

*

Leïla s'était attachée à Alger, c'était devenu sa ville. Elle avait pris l'habitude de s'asseoir sur un banc face à un kiosque à fleurs pour observer les clients. Une dame aux cheveux courts prenait régulièrement des pivoines. De jeunes hommes s'arrêtaient tout au long de la journée pour acheter une rose unique. Elle aimait tous les amoureux d'Alger. De là où elle était, elle pouvait admirer une œuvre du peintre Issiakhem. Sa fille cadette lui avait appris qu'elle recouvrait *Le Pavois*, une statue réalisée en 1928 par Paul Landowski, en mémoire aux morts de la Première Guerre mondiale. Boumédiène avait demandé à Issiakhem de l'enlever et de la remplacer par une statue algérienne. Le peintre avait refusé. « Un vrai artiste ne détruit pas, il construit. » Il avait préféré la protéger en l'enfermant dans un sarcophage de béton.

Au début, Leïla craignit qu'on ne la reconnaisse, qu'on sache qu'elle était la Leïla du livre, et elle avait soigneusement évité de passer devant des librairies, mais elle avait fini par comprendre que dans la capitale, personne ne la regardait, personne ne s'intéressait à elle. La Leïla du livre était belle, libre, jeune. La Leïla qu'elle était avait caché ses cheveux, avait cinq enfants, était invisible.

Tout ce temps seule à Alger, pendant que Tarek travaillait, elle en avait profité pour réfléchir à ce qui l'avait conduite jusque là et à la peur avait succédé la colère. Elle avait voulu se rendre chez Saïd. Elle l'imaginait marié. Elle avait passé ses journées à rôder dans les rues, à penser à chaque fois qu'elle croisait une jeune femme bien habillée, parfumée, maquillée, que, peut-être, il s'agissait là de la femme de Saïd, et elle se voyait la bousculer l'air de rien, puis se présenter, lui dire, oui, tout à fait, c'est moi Leïla, la Leïla du livre, la vraie, c'est moi, et toi qui es une femme comme moi, qui es sa femme, comment as-tu pu le laisser me blesser, blesser Tarek et te blesser toi ?

Oui, si Leïla avait rencontré la femme de Saïd, elle lui aurait dit tout ça, elle aurait demandé, mais toi, toi qui es une femme, toi qui es sa femme, comment as-tu pu le laisser écrire ce livre ? Le jour où il a paru, qu'as-tu fait ? As-tu été tendue toute la nuit, le cœur serré par un étrange pressentiment ? T'es-tu levée comme moi à l'aube, dérangée par le sirocco, ce vent mauvais du sud ? As-tu balayé le sable devant la porte ? As-tu tordu tes mains ? As-tu oublié la casserole sur le feu ? As-tu forcé tes enfants à répéter leurs questions avant de leur répondre ? As-tu frotté frénétiquement le même meuble avec un chiffon ? As-tu fait une tresse pour la défaire au bout de quelques minutes avant de la refaire de nouveau ? As-tu regardé par la fenêtre ? Le chiffon, la tresse, la fenêtre, est-ce que c'était ça pour toi aussi ?

Et de nouveau, le rideau, la fenêtre, la tresse.

Mais Leïla eut beau user ses souliers sur le bitume algérois durant des années, elle ne revit jamais Saïd et ne rencontra pas non plus sa femme. Et pendant vingt ans, ces questions tournèrent en boucle dans sa tête.

La démocratie

Le 26 décembre 1991 au soir, Tarek s'était couché sans attendre le résultat du premier tour des élections législatives, mais Leïla, elle, refusait d'aller dormir tant que les jumelles n'avaient pas donné de nouvelles. Elles s'étaient toutes les deux portées volontaires pour tenir des bureaux de vote et avaient promis à leur mère qu'elles appelleraient une fois rentrées chez elles. Elles s'étaient mariées quatre ans plus tôt, à six mois d'intervalle, dans une Algérie rythmée par les grèves ouvrières et les mouvements de contestation menés par des étudiants. Leïla n'avait pas osé les empêcher de prendre part aux manifestations, ses filles étaient adultes après tout. Elle s'était contentée de prier pour qu'elles ne soient pas arrêtées et était sortie observer les manifestants avec Tarek. Aux cris de « FLN au musée ! », elle s'était demandé si Tarek était heurté par ce slogan et l'avait examiné à la dérobée, mais il semblait détaché. Il avait remarqué son regard et lui avait souri : « Ils ont raison, notre temps est terminé. »

Et ce soir-là, une page se tournait définitivement avec les premières élections pluralistes de l'Algérie. Tarek et elle avaient voté dès l'ouverture des bureaux de vote, puis ils étaient retournés dans la Casbah où ils avaient croisé des militants du Front islamique du salut qui les avaient salués poliment mais Tarek avait fait mine de ne pas les voir. Depuis quelques mois, ils contrôlaient une partie de la ville et appelaient à lutter contre le FLN. Ils avaient installé des tapis dans les rues les plus proches des mosquées où des imams prêchaient contre le pouvoir en place. Depuis un an, le pays retenait son souffle.

Vers une heure du matin, de légers coups furent frappés à la porte et Leïla demanda « C'est qui ? » avant d'ouvrir. Ses filles entrèrent, pâles, la mine défaite, vêtues de jeans et de légers pulls moulants. Leïla, affolée, les pressa de questions :

– Qu'est-ce qui se passe ? Pourquoi n'êtes-vous pas chez vous ? Que vont dire vos maris ?

– Maman, attends, laisse-nous nous asseoir. Nos maris doivent sans doute ronfler, ne t'inquiète pas pour eux.

Elles s'affalèrent sur le canapé. L'une d'elles demanda :

– Papa dort ?

– Oui, depuis longtemps. Tu as besoin de quelque chose ? Je peux le réveiller.

– Non, maman, laisse-le se reposer, il aura tout le temps d'apprendre les nouvelles demain.

– Vous me faites peur, qu'est-ce qui se passe ?

– Les islamistes... ils ont raflé la majorité des sièges.

– Comment ça ?

– Il n'y avait que des bulletins FIS, dans la plupart des bureaux de vote.

– Les responsables du FLN, ils faisaient une tête... Ils n'y croyaient pas mais les urnes ont parlé...

Leïla murmura :

– C'est la démocratie. On ne peut rien faire.

– Non, maman, ce n'est pas la démocratie. Les islamistes ont très clairement annoncé la couleur : ils veulent prendre le pouvoir par les urnes puis modifier la constitution pour supprimer les urnes.

Leïla tenta de changer de sujet :

– Où avez-vous garé vos voitures ?

– On était trop sonnées pour conduire.

Leïla s'écria :

– Vous êtes venues à pied au milieu de la nuit ?

– Un ami nous a accompagnées, tu sais, Hakim, qui n'habite pas loin, il était aussi au bureau de vote. Il est en larmes, il parle de s'exiler.

– Ce n'était pas raisonnable de rentrer à pied !

– Le raisonnable n'existe plus en Algérie, ma petite maman.

– Ce n'est rien mes filles, des élections législatives, ce n'est pas le président, ils ne vont rien faire et il reste encore le second tour !

Les jumelles échangèrent un regard et sourirent à leur mère avec affection, l'air navré. Leïla se leva :

– Je vais vous préparer la chambre, vous restez ici cette nuit. Inutile de protester, vous ne repartirez pas à pied récupérer vos voitures à cette heure-ci. Appelez chez vous et prévenez que vous ne rentrerez que demain matin.

Six mois plus tard, Leïla et Tarek avaient pris un train pour El Zahra.

L'été 1992

Cet été 1992 serait interminable, s'était dit Leïla en soulevant sa robe jaune dans l'espoir de faire circuler un peu de vent. Pendant qu'elle marchait de la gare à leur ancienne maison d'El Zahra, elle observait ce qui restait du village. D'ailleurs, ce n'était plus un village, à peine un hameau de quelques maisons éparpillées. La ville plus loin, à deux kilomètres de là, était surpeuplée, alors que vingt ans plus tôt s'y trouvaient essentiellement des maisons coloniales, une petite mairie, une salle des fêtes où les Français avaient coutume de célébrer avec faste le 14 juillet, une poste, un barbier et une gare. Mais les années 1980 étaient passées par là, avec la construction de nouvelles cités composées d'immeubles de quatre ou cinq étages agrémentés pour certains de balcons. La ville avait triplé en taille au contraire du village qui, lui, s'était vidé de ses habitants. Leïla pensa que le cimetière était peut-être le seul lieu où l'on pouvait espérer croiser une âme.

Elle accéléra un peu le pas pour se maintenir à la hauteur de Tarek. Elle ne voulait pas lui demander de ralentir. Elle savait que c'était là son rythme normal et que marcher plus doucement le fatiguerait. Pour autant, il ne s'en plaindrait pas : depuis quarante-sept ans qu'ils étaient mariés, elle n'avait pas souvenir de l'avoir jamais entendu se plaindre de quoi que ce soit. Elle, en revanche, ne s'en était jamais privée. Elle hésita à lui dire de nouveau le fond de sa pensée, à savoir qu'en les ramenant dans cet endroit qu'elle haïssait tant, il les condamnait à une mort certaine. Oui, elle se serait volontiers arrêtée au milieu du chemin poussiéreux, obligeant ainsi son mari à cesser de marcher et à se retourner pour lui demander ce qui se passait. Elle lui aurait redit : « Tu vas nous tuer », mais elle renonça à ouvrir la bouche, car à quoi bon ? Ces dernières semaines, elle l'avait supplié, harcelé du matin au soir, mais il n'avait rien voulu entendre et l'avait forcée à jeter des affaires dans la vieille malle qu'il traînait à présent en laissant derrière lui une trace dans la terre sèche, une trace bien nette, un trait droit qui, pensa-t-elle, mènerait ceux qu'elle appelait *les fous* directement chez eux.

Elle souffla bruyamment, espérant ainsi attirer l'attention de son mari, mais ce dernier, vêtu d'une chemise bleue à fines rayures blanches dont il avait retroussé les manches et d'un pantalon de toile marron, se contenta de lui jeter un bref coup d'œil avant de reporter son attention sur la route. Le train les avait déposés à plus de deux kilomètres de leur destination, et même s'ils n'étaient pas revenus depuis… Leïla compta dans sa tête, depuis 1972, oui cela faisait bien vingt ans, et malgré cela, et malgré les vingt années d'absence, ils se souvenaient parfaitement du chemin.

Elle n'y tint plus.

– Et si *ces fous* se sont installés dans notre maison ? Des voisines à Alger m'ont dit qu'ils réquisitionnaient des maisons. La nôtre est vide depuis si longtemps. Tout le monde le sait !

– Notre maison est là où elle a toujours été et personne n'y est entré. Perdue au milieu de nulle part, pas d'adresse, pas de boîte aux lettres, regarde autour de toi, les maisons de nos anciens voisins sont des ruines à présent. Notre maison est là. Personne ne nous attend. Nous serons seuls.

Leïla réussit à empêcher de sortir les mots pleins de colère qui se bousculaient dans sa bouche et abandonna de nouveau l'idée de convaincre son mari. Elle l'observait avancer, la tête haute, élégant et frais malgré la canicule, et prit soudain conscience de quelque chose qui lui avait échappé jusqu'alors : Tarek ne portait plus de gandoura depuis plusieurs semaines. Elle se promit de le questionner plus tard à ce sujet.

Ils étaient presque arrivés. Elle croisa ses bras sur sa poitrine comme pour se donner du courage. Encore un tournant et apparut le vieux portail noir. Les figuiers de Barbarie avaient envahi le jardin. Ils étaient en fleur et offraient un magnifique dégradé de couleur jaune-orangé. En vingt ans, ils avaient eu le temps de prendre possession des lieux. Des fruits étaient tombés, avaient pourri, d'autres avaient poussé et les plantes en étaient surchargées. Ils entouraient désormais le mur et leurs épines constituaient une barrière naturelle. Tarek et Leïla, sans se concerter, s'arrêtèrent un instant. La maison se dressait face à eux. Sur un seul étage, un peu minable, la façade de ciment gris, le toit-terrasse, le fil de fer tendu pour faire sécher les draps, rouillé sans doute à force, tout était là, resté à l'identique. Même l'arrosoir en plastique de leurs filles n'avait pas disparu du muret où elles l'avaient abandonné. Leïla releva la tête. Le ciel était bleu. Pas un nuage. Le soleil irradiait toute la surface mais il était invisible. Leïla se souvint que, petite, elle s'enfuyait par la fenêtre de sa chambre pour courir dans les champs, la tête levée vers le ciel, pour tenter d'apercevoir le soleil, en vain. Et dans cette absence de soleil, elle avait toujours vu un signe du démon, du malfaisant, comme si le village avait été oublié de Dieu. Elle frissonna.

L'eau de Javel

Tarek abandonna la malle contre le muret. Il fouillait à présent dans la sacoche noire qu'il gardait toujours accrochée à son épaule. Il en sortit un trousseau de clés qu'il rapprocha de ses yeux pour mieux le voir, sa vue avait considérablement baissé depuis quelques mois, depuis les dernières élections législatives qui avaient failli mener les islamistes au pouvoir. Et même si l'armée avait depuis annulé le résultat, Tarek n'y voyait plus grand-chose. Rien n'avait pu l'aider et Leïla avait fini par comprendre que son mari ne voulait plus voir et qu'il était inutile de le traîner chez des ophtalmologues ou de lui faire essayer toutes les paires de lunettes de la ville.

Il trouva la clé qu'il cherchait et l'introduisit dans la serrure. Leïla attendit avec l'espoir vain que le portail trop rouillé résisterait et ne leur permettrait pas d'entrer, ou que du moins cela retarderait les choses, mais la serrure, après un léger coup d'épaule de Tarek, céda. Il saisit la malle et entra, suivi de Leïla, puis referma derrière eux à double tour.

– Je vais bloquer la porte. Le verrou ne va pas tenir, il est en très mauvais état.

– Avec quoi ?

– Je vais fabriquer une barrière. Mes outils doivent toujours être dans la remise.

– Tu vas nous emmurer !

– Mais non ! Va donc dans la maison.

– Je suis sûre qu'il n'y a pas d'électricité.

– Tu crois qu'on est en Europe ? Ici, on ne coupe pas l'électricité !

Leïla jeta un nouveau coup d'œil aux figuiers de Barbarie. Leur ombre s'étirait sur le sol poussiéreux. Elle pénétra dans la maison, le cœur lourd. « Plus personne ne nous connaît, personne ne nous reconnaîtra », se répéta-t-elle.

La porta grinça. Elle pressa le bouton de la lumière dans l'entrée, l'ampoule nue accrochée à un long fil grésilla mais s'alluma. Rien n'avait changé. La cuisine était restée à l'identique : propre, bien rangée. Sur les étagères, les bols et les verres attendaient à côté des assiettes en porcelaine et des grands plats.

Elle tenta d'ouvrir les volets mais le bois avait gonflé à cause de l'humidité et ils résistèrent.

Sur la table du salon, la nappe avait jauni. Elle passa la main sur les chaises en bois qui, en dehors d'une mince pellicule de poussière, étaient intactes. Dans la cuisine, la vaisselle en porcelaine était toujours là : à côté de l'évier reposaient les bols bleus et les tasses blanches utilisés le dernier matin. Le balai attendait dans un coin.

Elle alla dans la chambre à coucher, restée telle qu'elle l'avait laissée vingt ans plus tôt. Le matelas nu s'offrait à elle. Elle avait vécu leur départ de nuit, le visage caché, les joues rouges de honte, comme la plus grande humiliation de sa vie. « Vingt ans à me cacher. Et maintenant que je me sentais chez moi à Alger, nous voici de retour. »

Elle entendit Tarek entrer dans la maison et l'appeler. Elle répondit d'une voix dont elle ne put maîtriser le tremblement :

– Ici, dans la chambre.

Il s'arrêta sur le seuil, hésitant. Leïla sourit en se rappelant qu'il n'avait finalement que très peu vécu avec elle dans cette maison. Qu'il n'était rentré précipitamment d'Europe que pour la sauver. De nouveau. Il se racla la gorge :

– Il faut ranger et nettoyer avant la nuit. Demain, j'irai au village et j'achèterai des ampoules et ce qu'il faut pour les enfants.

Les enfants. Étaient-ce vraiment encore leurs enfants ?

Leïla retira l'épingle qui retenait son voile blanc au niveau de son cou et dénoua l'étoffe. Elle le suspendit à une patère et remonta les manches de sa robe. Ses cheveux, qui lui tombaient jusqu'au milieu du dos, étaient teints au henné. Une raie les partageait sur le côté désormais. À plus de soixante ans, elle en faisait facilement vingt de moins, comme si son corps et son visage s'étaient figés le jour de leur fuite en 1972.

Tarek, lui, avait retiré sa chemise et en maillot de corps blanc s'activait à ouvrir toutes les fenêtres, même s'il savait qu'aucun air ne les rafraîchirait en ce début de mois de juin et que seule la canicule leur tiendrait compagnie jusqu'à l'automne.

Du coin de l'œil, Leïla le vit farfouiller dans un tiroir et en sortir la radiocassette achetée à Paris à la fin des années 1960. Il la brancha et tourna délicatement le bouton. L'aiguille rouge sur le cadran blanc s'agita. Leïla sortit le linge des armoires et vérifia qu'il n'était pas abîmé. Il ne l'était pas. Elle fit les lits : six en tout. Entre les enfants et les petits-enfants, la maison allait être bien remplie. Cette idée la réconforta furtivement : bientôt les rires viendraient remplacer le silence, et si les adultes n'avaient pas le cœur à la fête, on pouvait faire confiance aux plus jeunes pour égayer leurs journées. Un murmure lui fit dresser les oreilles. Sur la pointe des pieds, elle sortit de la chambre et se faufila dans le couloir en direction du bruit. Elle arriva dans la cuisine à la fin du flash info et n'entendit que le décombre macabre : « Nous rappelons l'information principale de ce bulletin : la mort de dix-sept personnes dans un attentat à la bombe à Alger. Il n'a pas été revendiqué. Le gouvernement a fait savoir qu'il riposterait. »

Leïla trembla. Pourquoi avoir accepté de partir ? Confusément, elle pensait que son devoir était de rester au chevet de sa ville et qu'en étant là-bas, elle serait moins en danger qu'ici. Tarek éteignit la radio. Leïla ouvrit le réfrigérateur pour le nettoyer. Elle fouilla sous l'évier et fut satisfaite d'y retrouver deux sacs contenant des bouteilles d'eau de Javel et un savon de Marseille.

– Est-ce que ça se périme, l'eau de Javel, à ton avis ?

Tarek bougonna :

– Aucune idée.

Leïla haussa les épaules et ouvrit la bouteille. Elle aspergea les étagères du réfrigérateur et commença à frotter avec une éponge. Tarek s'en agaça :

– Tu vas t'abîmer les mains. Ce n'est pas urgent, on a peu de provisions. On n'a apporté avec nous que de la galette et des dattes pour notre dîner. Attends que les filles arrivent, elles t'aideront.

Leïla continua de frotter. Le produit lui brûla les mains et elle en retira une étrange satisfaction.

Cette maison

Comme elle la détestait, cette maison. Comme elle avait espéré qu'elle se fût effondrée lors d'un séisme. Le hameau avait été construit sur une faille sismique et tout aurait pu être englouti : la maison avec sa terrasse et son fil tendu, le jardin envahi de mauvaises herbes et de figuiers de Barbarie, le banc sur lequel Tarek aimait s'asseoir lorsqu'il revenait d'Europe et jusqu'à l'arrosoir des filles qu'elle n'avait jamais oublié. Toutes les maisons alentour s'étaient écroulées au fil du temps, toutes sauf la leur. Même la petite chaumière de la vieille Safia n'était plus qu'un amas de pierres. Leïla avait détourné le regard lorsqu'ils étaient passés devant, son cœur s'était serré en pensant à la vieille dame qui devait être enterrée dans le cimetière du village. Elle se demanda si elle trouverait facilement sa tombe et se souvint ensuite de la manie qu'avait Safia de mettre des coupelles un peu partout dans ce même cimetière. Elle sourit, et ce souvenir la réconforta un instant, lui fit oublier son chagrin. « J'irai demain, avant l'arrivée des enfants, pensa-t-elle. J'irai sur la tombe de Safia. » « Et sur celle de ta mère ? » lui demanda la voix dans sa tête, cette voix qui avait la même voix que la sienne et qui de temps en temps s'adressait à Leïla pour lui dire des choses désagréables, des choses qu'elle n'avait envie ni d'entendre ni de se rappeler. « Et de ma mère », lui répondit Leïla. « Et de ton père ? » « Et de mon père aussi. J'irai demain. »

Leïla avait le dos cassé en deux à force de se tenir courbée et les mains rougies par l'eau de Javel. Le plan de travail, à la mode ancienne, était très bas, tout en faïence blanche.

Elle se redressa et examina son visage dans le reflet de la fenêtre, le grain de beauté, les joues creusées, les lèvres bien fermes, les yeux noisette, vifs, intelligents. Ainsi figée dans la lumière de l'après-midi, ses longs cheveux posés de part en part, elle ressemblait à la couverture du livre de Saïd. Elle avait tenté ces vingt dernières années de ne plus croiser son reflet. À chaque fois qu'elle apercevait un miroir, elle détournait le regard. Elle refusait de se reconnaître. Saïd lui avait volé son visage.

Elle avait même cessé de se parfumer à l'eau de fleur d'oranger, au cas où Saïd en aurait parlé dans son livre. Elle voulait devenir l'anti-Leïla du roman, se transformer entièrement. Sa fille aînée l'avait accompagnée acheter son premier flacon de parfum. Elle avait fait une folie en cachette de Tarek. Elle avait choisi une petite bouteille ronde et noire, dont sa fille lui avait promis de ne pas révéler à son père le coût exorbitant. Leïla avait appris à aimer la douceur de ce nouveau parfum, elle y reconnaissait le lilas, le citron, la fleur de pêcher, la pivoine et le musc blanc. Elle reconnaissait l'ambre et la feuille de thé vert. Mais pas de fleur d'oranger.

*

Tarek revint dans la cuisine, débrancha la radiocassette et repartit avec, sous le bras. Leïla soupira, exaspérée. Elle s'essuya les mains et le suivit dans la chambre. Elle trouva son mari assis en tailleur sur le lit en train d'écouter les informations. Il avait baissé le son au minimum, sans doute pour qu'elle ne puisse pas entendre. Elle s'en agaça.

– Augmente le son !

Tarek s'exécuta.

« L'attentat vient à l'instant d'être revendiqué par les groupes islamistes armés. Un communiqué a été diffusé. » Leïla prit la main de Tarek et la serra fort.

– Tu crois que les enfants vont bien ?

– Mais oui, c'était loin de la ville. Les filles seront là demain. À quatre heures de l'après-midi.

– « Les filles ». On ne sait même plus comment les appeler !

– Ne dis pas ça.

– Une mère devrait pouvoir choisir le prénom de ses enfants.

– Ça n'a rien à voir avec toi.

– Tu les défends toujours. Vingt ans que vous vous liguez contre moi.

– Tais-toi, je ne veux pas parler de ça avec toi.

– Comment on va les appeler ?

– Par leurs prénoms tout simplement ! Comment veux-tu les appeler ?

– Tu sais très bien ce que je veux dire.

– Pourquoi parles-tu de ça ? Ce n'est vraiment pas le moment.

Leïla secoua la tête, les yeux pleins de larmes. Elle répéta, la voix dure désormais :

– Une mère devrait pouvoir choisir le prénom de ses enfants.

– Je vais changer le fil du linge. Veux-tu que nous mangions sur la terrasse ?

– Il fera sombre, nous n'avons pas de bougies !

– Les étoiles éclairent le ciel et ceux qui se trouvent en dessous. Ici, il n'y a aucune pollution, rien qui ne saurait empêcher les astres de briller. Nous ne sommes plus à Alger.

– Je ne risque pas de l'oublier.

Tarek quitta la pièce sous le regard lourd de sa femme. Elle ne pleurerait pas. Elle rangerait jusqu'au matin s'il fallait et elle irait ensuite au cimetière saluer les morts. Non, elle ne s'autoriserait pas à se souvenir de cette dernière nuit dans le village en 1972, au télégramme envoyé à Tarek, à son retour précipité d'Europe, aux capuches sur les têtes, aux fillettes dans les bras, au train au petit matin, à la maison dans la Casbah avec les aînées qui les avaient accueillis le visage fermé, les traits tirés, à cette horrible première année à Alger, où les enfants avaient choisi une autre identité, un autre prénom, jusqu'aux fillettes à qui on changea les prénoms, sans demander son avis à Leïla.

« Il faut couper tout lien avec cette histoire », lui avait dit sa fille aînée. Elles s'étaient toutes mariées depuis et avaient pris le nom de leur mari. Prénom changé. Nom changé. Leïla s'était d'un coup sentie orpheline d'enfants. Non, elle ne s'autoriserait pas à penser à 1972.

Il était presque huit heures du soir quand Leïla monta le lourd plateau rond, argenté, sur la terrasse. Elle avait disposé de la galette, des dattes et une bouteille d'lben qu'elle avait emportées avec elle. Elle s'assit sur un épais plaid que Tarek avait étalé, le dos appuyé à des coussins. Ils mangèrent en silence dans la chaleur de la nuit. Tarek s'allongea et bâilla.

– Je me disais que nous pourrions dormir ici. Il y a beaucoup de poussière dans la maison et nous aurons moins chaud.

– Ce n'est pas risqué ?

– On ne craint rien.

– Tu te souviens ? La première nuit ici ? Après notre mariage ?

– Comment oublier ? Il n'y avait qu'une pièce ! Tu en étais attristée, je t'avais pourtant promis que je construirais le reste de la maison mais je te voyais chagrinée. Je t'ai prise par la main et nous sommes montés sur le toit.

– C'était plus petit. Beaucoup plus petit. Tu m'as dit : regarde, on a une terrasse comme les Français et le ciel, tout le ciel à nous. Quelle beauté.

– Je me souviens.

– Et tu as tenu parole. Tu revenais d'Alger puis d'Europe et tu travaillais de l'aube au crépuscule. Tu as construit toute la maison. Seul, sans aucune aide.

– Nous étions heureux ici. Je suis heureux ici.

– Nous ne pouvions pas rester.

– Mais nous voici de retour. Chez nous.

Ils s'endormirent, côte à côte, main dans la main. Leïla se réveilla avec le lever du soleil, elle étira ses muscles endoloris et descendit par la petite échelle en fer pour rentrer dans la maison. La chaleur était déjà lourde, écrasante, et les cigales hurlaient plus qu'elles ne chantaient. Elle n'avait jamais fait attention à leur chant par le passé et aujourd'hui elle n'entendait plus que ça.

Dans la cuisine, elle sortit d'un pot en faïence des grains de café, les introduisit dans le moulin et entreprit de les moudre, humant et appréciant l'odeur qui s'en dégageait.

Le café se mit à bouillir et Leïla se dépêcha de retirer du feu la cafetière en aluminium. Elle versa le liquide chaud dans une tasse blanche et la monta sur la terrasse en faisant attention à ne pas en renverser. Tarek venait de se réveiller et accueillit le café avec un sourire reconnaissant. Il but une gorgée brûlante puis désigna le jardin.

– Je vais installer un fil barbelé tout autour puis je ferai du tri dans la remise.

Une fois sa toilette faite, Tarek partit vaquer à ses occupations et Leïla quitta la maison, non sans appréhension.

La porte se referma derrière elle dans un grincement et elle se dit qu'il faudrait rapidement y remédier, car elle craignait que le bruit n'attirât l'attention d'un quelconque vagabond ou d'un ancien voisin qui, comme eux, aurait eu la mauvaise idée de revenir dans le hameau. L'angoisse avait pris en otage le quotidien de tous les Algériens.

Quelques semaines avant leur départ d'Alger, elle avait eu une vilaine dispute avec l'une de ses amies de la Casbah. Celle-ci, veuve et mère de six enfants, lui avait prêté une cassette vidéo où des djihadistes prétendaient avoir stoppé par leur seule foi des chars soviétiques. Son fils aîné la lui avait rapportée d'Afghanistan où il avait séjourné plusieurs mois. Leïla n'avait pu visionner que les premières minutes de la vidéo avant de la rendre à sa voisine en lui expliquant que ce n'était pas pour elle, mais celle-ci s'était vexée et avait crié : « Par le vote ou par le fusil, les islamistes prendront le pouvoir ! » Les deux femmes ne s'étaient plus adressé la parole.

Le cimetière

Leïla se faufila sur les chemins de terre, en prenant soin d'éviter les racines des arbres noueux dans lesquelles, petite, elle butait et qui la faisaient fréquemment tomber. Elle avait été une fillette maladroite et l'âge ne l'avait pas aidée à gagner en assurance. Cela agaçait ses enfants et inquiétait Tarek.

Elle marchait sous les feuillages pour tenter de s'abriter du soleil. Si Leïla avait relevé la tête, si elle n'avait pas été si préoccupée, peut-être aurait-elle été frappée par la beauté des montagnes environnantes, mais de la beauté des lieux, elle ne se souciait guère. Elle guettait le moindre bruit et, la tête pleine de pensées, elle ne se rendit pas compte tout de suite qu'elle parlait toute seule.

Elle remuait la bouche sans qu'aucun son sorte vraiment. Elle répétait la même phrase en boucle, sans jamais que les mots, qui pourtant se bousculaient, parviennent à éclater, à devenir son.

Son regard furetait partout, se dérobait, fuyait. Elle marchait d'un pas rapide, courait presque, se forçait à ralentir mais ne tenait que quelques secondes avant d'accélérer de nouveau la cadence, incapable de prononcer autre chose que les trois seuls mots qui résonnaient en elle : « Je suis Leïla. »

Elle était Leïla. Elle était Leïla.

Les mots-talismans ne suffisaient pas à l'apaiser, à calmer les battements désordonnés de son cœur. Pour autant, elle ne cessait sa litanie, refuge à son désordre. Elle répétait cette phrase tantôt avec colère comme une défense face à une injustice, tantôt avec hésitation, incertaine et presque coupable.

Leïla arriva devant le cimetière. Le petit portail en bois était ouvert. Elle passa dans les allées désertes. Les lieux étaient abandonnés, même les chats s'étaient volatilisés. Des fleurs sauvages avaient envahi les stèles aux inscriptions à demi effacées. Elle constata qu'en vingt ans le nombre de tombes avait doublé. Elle n'en ressentit aucune peine.

Elle chercha longuement celle pour laquelle elle était venue. Elle essuya la poussière rouge sur la pierre blanche fissurée et put lire l'unique date : 1977. Il n'y en avait pas d'autre. Safia n'avait jamais su sa date de naissance. Une phrase avait été gravée en dessous : *Au vent mauvais elle tint tête.*

Leïla se recueillit devant la tombe. Elle fit ensuite le tour du cimetière et s'arrêta devant la stèle de sa mère. Elle se força à s'agenouiller mais, au lieu de penser à la défunte et de la pleurer comme l'auraient voulu les convenances, elle laissa son esprit vagabonder.

Elle quitta les lieux en souriant à chaque coupelle qu'elle apercevait sur les tombes. Elles étaient sèches, mais qu'avait coutume de dire Safia quand, enfant, Leïla s'inquiétait du ciel sans nuages, de la sécheresse qui durerait peut-être trop longtemps ? « Dieu sait quand il faut faire tomber la pluie et remplir mes coupelles. S'il retient l'eau, c'est que les chats en ont trouvé ailleurs. »

Deux voitures étaient désormais garées devant la maison. Leïla reconnut les véhicules de ses filles et fronça les sourcils. Elle entra et trouva les jumelles et leurs enfants installés dans le salon avec Tarek.

– Qu'est-ce que vous faites ici ? leur demanda-t-elle abruptement.

L'une ricana.

– Maman, tu n'es pas contente de nous voir ?

– Vous deviez arriver par le train de quatre heures. On avait prévu de venir vous accueillir à la gare.

– Nous en avons discuté et nous avons pensé que ce serait plus prudent et plus confortable de prendre nos voitures.

– Deux femmes qui conduisent des voitures pendant des heures, vous trouvez ça plus sûr que le train ?

La deuxième jumelle haussa les épaules.

– D'accord, peut-être pas plus prudent mais plus confortable en tout cas. Et puis, plus rien n'est sûr, alors autant faire ce qu'on veut.

– Le colonel Boudiaf va nous sortir de là. C'est un grand homme. J'ai confiance en lui.

Tarek s'était exprimé sur un ton péremptoire qui ne lui ressemblait pas. Ses yeux vifs, intelligents, semblaient aux aguets, comme s'il était prêt à bondir sur quiconque oserait le contredire, mais avec ses filles, il n'y avait aucun risque.

L'une d'elles lui prit la main, qu'elle serra doucement.

– On l’espère tous, papa, mais il n’est revenu du Maroc que depuis peu et la situation est si grave.

– Il y arrivera. Il faut le laisser travailler et lui faire confiance. Avec l’été, les esprits vont se calmer, tout redeviendra normal.

Il ferma les yeux et répéta :

– Il faut le laisser travailler. Tout le monde l’a oublié, mais c’est Boudiaf qui a fondé le Front de libération nationale. Ce n’est pas n’importe qui.

Leïla voulut clore la conversation :

– Que Dieu t’entende.

Tous approuvèrent de la tête.

– Je vais me débarrasser de ce voile, et ensuite, je vous ferai à manger.

– On a apporté ce qu’il faut, les coffres sont pleins de courses.

– Je m’en occupe.

Tarek sortit de la maison pour aller chercher les provisions. Leïla le suivit du regard, inquiète.

– Il faudra garer les voitures dans le jardin, elles sont trop voyantes ainsi.

– Il n’y a personne, maman, le village est désert.

– Désert aujourd’hui, grouillant demain. Demandez à votre père de vous ouvrir le portail et garez-les dans le jardin. Je vais m’occuper de mes petits-enfants.

Tarek a-t-il raison ? se demanda Leïla. Le nouveau président, Mohamed Boudiaf, allait-il réellement mettre fin à la crise politique que traversait l’Algérie ? Tous les espoirs reposaient sur lui, mais que peut un seul homme, même le plus brave, face à la folie de milliers d’autres ?

Sa tête se mit à lui tourner, elle s'adossa au mur du couloir. Leïla entendit les enfants rire et crier dans le jardin, elle espérait que ses filles seraient prudentes en manœuvrant pour garer leurs voitures. Une horrible pensée lui traversa l'esprit. Le cimetière était déjà plein. Si un drame survenait, y aurait-il assez de places pour eux tous ?

Et quels prénoms seraient inscrits pour ses filles ? Les vrais ou les faux ? Sans doute les faux. Plus personne ne se souvenait des prénoms qu'elle et son mari avaient choisis.

Tarek lui avait raconté qu'en Europe, lorsque les familles ne payaient plus les concessions, les os étaient déplacés et mélangés à d'autres pour récupérer les emplacements. Les morts disparaissaient purement et simplement.

Elle essuya la sueur qui perlait à son front et rejoignit sa famille dans le grand jardin où la sécheresse de l'été et la rudesse de l'hiver n'avaient pas permis aux plantes d'envahir le terrain, en dehors de quelques pâquerettes et des figuiers de Barbarie. Elle se souvint qu'elle les avait plantés avant leur départ. Safia lui avait donné les graines. Leïla avait attendu la fin de l'été pour creuser la terre et elle avait tenu le pot contenant les graines dedans pendant que ses filles les plantaient avec soin. Leïla leur avait promis : « Vous verrez, bientôt les plantes pousseront et nous dégusterons des figues de Barbarie tous les étés, dans notre jardin. »

Une fois le soleil couché, et tous les enfants et petits-enfants dans leur lit, Leïla grimpa la petite échelle qui donnait sur la terrasse et rejoignit Tarek. Ils s'allongèrent sur leur plaid et regardèrent les étoiles. Elles brillaient fort et cela réconforta Leïla. Oui, le président Boudiaf allait trouver une solution. Les islamistes l'écouteraient et accepteraient de dialoguer. Les bombes ne pleuvraient pas sur les innocents. Le hameau se remplirait de nouveaux habitants. Leïla et Tarek passeraient l'été ici entourés de leur famille puis ils rentreraient tous à Alger, dans la Casbah où, depuis vingt ans, ils avaient construit un cocon sûr et protecteur. La respiration de Leïla se fit plus calme. Elle avait besoin de croire qu'ils allaient tous s'en sortir. On avait arraché l'indépendance à peine trente ans plus tôt, on n'allait pas sombrer comme ça ! Elle fit taire la petite voix, toujours elle, qui lui rappelait qu'il avait fallu plus d'un siècle pour obtenir le départ de la France et des milliers de Boudiaf. « Non, ce soir, je refuse de me laisser abattre. »

Les étoiles brillaient.

Elle prit la main de son mari. Elle allait enfin mieux. Tarek se retourna vers elle, la mine grave.

– Saïd est à l'hôpital.

Il avait parlé d'une voix douce, presque triste. Leïla se figea. Sa nuque se raidit. Elle se redressa. Elle avait les yeux exorbités mais ne voyait plus rien, ni les étoiles ni leur éclat, seulement la nuit.

– Pourquoi parles-tu de lui ? Comment es-tu au courant ?

– Je l'ai lu dans le journal. Il est à l'hôpital, à Alger. Il est très malade, il va mourir. C'est la fin pour lui.

– Tant mieux.

Elle avait dit cela d'une voix sèche, tranchante.

Tarek opina de la tête. Oui, tant mieux.

Les yeux fermés, Leïla pensa de nouveau à Safia, la seule personne à qui elle avait tout raconté. Elle était la seule à tout savoir et maintenant, elle reposait sous terre. Elle était la seule en plus de Tarek, Saïd et elle. Mais bientôt, Saïd aussi serait sous terre. Un léger vent chaud souffla et Leïla frissonna.

Nous vivrons nos rêves

Les filles avaient même apporté un téléviseur avec elles. Tarek râla mais Leïla lui intima l'ordre de se taire, elle adorait les feuilletons mexicains de l'après-midi, et devant son insistance combinée à celle de ses petits-enfants, Tarek accepta d'installer l'appareil sur un meuble qu'il fabriqua avec des planches de bois. C'est ainsi que le salon fut rebaptisé « la pièce de la télévision » pour la plus grande joie des petits, ravis de regarder des dessins animés sur la chaîne nationale, la seule que Tarek avait réussi à capter en fixant une fourchette tordue dans le trou derrière l'appareil. L'image vrillait parfois en noir et blanc et se brouillait un peu mais les enfants ne s'en formalisaient pas et chantaient le refrain de leur dessin animé préféré à tue-tête, acclamés par leur grand-mère.

Leïla avait du mal à comprendre les péripéties des personnages du *Village des baies*, qui avaient d'étranges têtes en forme d'oignon ou de poireau, et qui cherchaient d'autres légumes pour les cuisiner et les manger avant que les méchants, eux aussi des légumes, ne les leur volent. Les dessins très colorés étaient rehaussés de pastilles fluo et le tout donnait l'impression d'un clip de musique pop.

Les petits étaient très attentifs et, la bouche ouverte, le regard fixe, battaient des mains et riaient aux éclats puis sautaient sur les coussins du canapé pour chanter le refrain : « Au village des baies, baies, baies, nous vivons tous nos rêves ! Nous chantons tous les airs ! »

Leïla abandonna les petits à leur dessin animé et sortit dans le jardin. Ses filles avaient entrepris de cueillir les figues de Barbarie. L'une des jumelles travaillait dur, arrachait les fruits les plus hauts, se dressait sur la pointe des pieds tandis que l'autre ramassait ceux tombés par terre, ou buvait une gorgée de limonade. Leïla se demanda ce que ses autres enfants faisaient à ce moment précis. Ils avaient refusé de les rejoindre. Son fils était quelque part en Oranie avec sa deuxième femme, sa fille aînée habitait dans le Sahara, loin de l'agitation des grandes villes, quant à sa cadette, elle vivait en Tunisie où elle enseignait à l'université et n'aurait quitté son nouveau pays pour rien au monde.

*

Ses petits-enfants avaient rejoint Leïla dans le jardin et lui tiraient à présent la manche.

– Qu'est-ce qui se passe ?

– Le dessin animé a été coupé d'un coup, il y a une émission sur les poissons à la place ! On s'ennuie…

– Je vais vous apprendre un jeu auquel vos mamans jouaient quand elles étaient petites. Restez là, j'arrive.

Leïla revint avec un petit sac de plastique vide, qui avait contenu du lait et qu'elle remplit de vieux chiffons. Elle empila une dizaine de pierres plates et leur expliqua la règle du jeu. Les enfants devaient réussir à faire tomber les pierres avec le sac.

Ils commencèrent une partie sous les applaudissements et les encouragements de leurs mères. Tarek s'approcha de Leïla et lui caressa affectueusement le bras. Elle lui sourit avec nervosité. Il le remarqua :

– Qu'est-ce qui se passe ?

– Tous ces cris, est-ce que c'est prudent ?

– Nous sommes seuls, le village est abandonné depuis longtemps.

– Toi et les filles, vous n'arrêtez pas de prétendre ça ! Mais qu'est-ce que vous en savez ? Il suffit d'une personne malintentionnée pour qu'un drame ait lieu et qui nous trouvera, ici ?

– Laisse les enfants s'amuser. Qui peut dire combien de temps ils garderont leur insouciance ?

Leïla ne répondit pas. Elle était agacée par cette foi que Tarek avait en la terre de leur enfance. Le danger était partout et si Alger était dangereuse, pourquoi ce village reculé ne le serait-il pas ? Son mari avait beau répéter que Boudiaf allait trouver une solution et qu'il ne s'agissait désormais plus que d'une question de semaines voire de mois avant que le pays ne retrouve sa sérénité, elle, elle savait que Tarek faisait de nouveau des cauchemars. Et que personne en Algérie ne pensait raisonnablement que cet été serait un été normal.

*

L'une de ses filles arrêta la cueillette et tendit l'oreille.

– Je crois que les enfants ont laissé la télévision allumée, je vais aller l'éteindre.

Leïla la rassura :

– Ce n'est pas grave, c'est un documentaire sur les poissons. Laisse, j'attends que mon feuilleton commence.

– Un documentaire sur les poissons ? À cette heure-ci ?

– Oui, pourquoi ?

– Pour rien.

Elle avait froncé les sourcils. Elle hésita mais finit par se lever et rentrer dans la maison, aussitôt suivie par sa sœur qui semblait tout aussi soucieuse. Leïla saisit le panier rempli de figues de Barbarie et le rapporta à l'intérieur, abandonnant les enfants à Tarek. Elle trouva ses filles dans la grande chambre, assises sur le lit. L'une d'elles tournait le bouton de la radiocassette d'une main nerveuse, en pestant contre l'appareil.

– Qu'est-ce qui vous arrive ?

– On ne veut pas t'alarmer mais ces derniers temps, à chaque fois qu'un événement grave se produit, la télévision algérienne suspend tous ses programmes pour diffuser pendant des heures des documentaires animaliers. C'est leur façon à eux, aux gens du gouvernement je veux dire, de gérer la crise. On cherche à savoir ce qui s'est passé.

Sa sœur approuva :

– Des poissons, c'est plutôt incongru. Des fennecs, des tortues, des lions, d'accord, on a l'habitude maintenant, mais là, ce sont des poissons exotiques ! À mon avis, il a dû se passer quelque chose de terrible.

– Saleté de transistor, maman, ce truc date des années 1940, j'en suis sûre !

Leïla sourit avec indulgence :

– Des années 1960. Ton père nous l'avait envoyé de Paris, vous ne vous en souvenez pas ? Laisse-moi faire. Il faut le manipuler avec douceur.

Elle tourna le bouton et l'aiguille rouge cessa de s'agiter pour avancer millimètre par millimètre. La chambre était plongée dans le silence. Leïla fut attristée de voir ses filles aussi tendues. Enfin l'appareil grésilla et la voix rauque d'un journaliste résonna dans la pièce : « L'information vient de nous être confirmée par le ministère de la Défense nationale : le président du Haut Comité d'État, Mohamed Boudiaf, a été abattu à midi et demi, à Annaba où il se trouvait pour une visite. Au moment où le chef de l'État prononçait un discours inaugural à la maison des arts de la ville, l'assassin vêtu de la tenue des brigades antiémeutes a surgi derrière lui et a vidé son fusil-mitrailleur avant d'être arrêté. Le président a été atteint à la tête et dans le dos. Dans les rues de la capitale, l'émotion est considérable. Le dispositif militaire a été renforcé dans les villes et des barrages ont été installés sur les grands axes. Personne n'a pour le moment revendiqué cette attaque mais le Front islamique du salut avait prévenu dans son dernier communiqué qu'il frapperait très fort. Communiqué qui a été placardé sur la porte de nombreuses mosquées. Le procès des dirigeants du Front islamique du salut vient quant à lui d'être reporté. L'heure est grave et la stabilité du pays semble pour le moment très compromise. Le Haut Comité consultatif a appelé les Algériens à réagir dignement, avec sang-froid et calme. Un deuil national d'une semaine a été décrété. Le peuple algérien sera à la hauteur de cette épreuve. »

Le flash info se termina par des versets du Coran.

Les poissons dorés

– Ça va être la guerre, c'est sûr. Il était le dernier espoir, le seul qui pouvait empêcher le pays de basculer dans l'horreur. Qu'est-ce qu'on va faire maintenant ?

Leïla n'aurait su dire laquelle de ses filles avait parlé. Elle était hébétée. Les cris des enfants dans le jardin lui semblaient provenir d'une autre réalité, un monde parallèle fait de petits personnages colorés à la tête en forme de poireau, d'oignon ou d'asperge, et où le président algérien serait encore en vie. Elle avait l'impression que l'Algérie était une boule de neige à la merci d'un géant qui s'amusait à l'agiter et qui, lassé, venait de l'envoyer cogner contre un mur. Elle sentait son cœur se serrer dans sa poitrine et se força à inspirer lentement. Ses filles chuchotaient à côté d'elle. Elles se demandaient comment prévenir leur père. Leïla pensa à Tarek, à sa peur, et ce que ressentirait son mari l'inquiétait plus que ce qu'elle-même pouvait éprouver. Elle entendit alors la musique qui provenait du téléviseur resté allumé et pensa aux poissons qui nageaient dans l'appareil. Ils ne nageaient pas vraiment *dans* la télévision, Leïla le savait, mais ils étaient sur l'écran et c'était comme si elle était, elle, avec eux, sous l'eau. Ils étaient magnifiques, elle les avait aperçus en rentrant du jardin, quelques instants plus tôt, au moment où elle pensait que le cours des choses pouvait s'améliorer, qu'un documentaire sur des poissons n'était qu'un documentaire sur des poissons et non le symbole d'une tragédie, de l'assassinat du président, le quatrième que l'Algérie avait connu depuis l'indépendance.

Elle récita une prière. Comme dans un brouillard, elle entendit son mari raconter à leurs filles qu'il avait regretté l'exil au Maroc du défunt homme après qu'il eut été condamné à mort par Ben Bella. Leïla se souvint que son mari avait lu en cachette le livre de Boudiaf, *Où va l'Algérie*, et lui avait dit qu'un jour, cet homme brillant reviendrait peut-être en Algérie, mais Boudiaf avait renoncé à toute vie politique pour ouvrir une briqueterie au Maroc. Il y avait vécu assez simplement jusqu'à ce qu'au début de l'année, il soit rappelé par son pays.

Tarek et Leïla avaient eu un regain d'espoir en apprenant son retour, et pendant quelques semaines, la chape de plomb qui pesait sur leur cœur avait disparu.

« Quel gâchis », se dit Leïla en quittant la pièce.

Vite, repenser aux poissons dorés, aux longues nageoires. Elle réalisa que c'était ce dont elle avait besoin : rester face à ces poissons et le plus loin possible de la radio et des conjectures sur l'avenir du pays. Ses petits-enfants se moqueraient plus tard, bien plus tard, de ces documentaires sur la chaîne de télévision algérienne, mais pas Leïla.

Elle remercia par la pensée l'obscur employé de la télévision algérienne qui avait choisi le programme, qui sans doute avait deviné que beaucoup d'hommes et de femmes auraient besoin aujourd'hui de voir des poissons argentés et dorés nager, vivre leur vie de poisson, et les bras ballants, Leïla se laissa tomber sur le tapis, les genoux pliés.

Toute la journée, elle ignora le ballet qui se joua devant elle : ses filles qui passaient et repassaient ; Tarek sombre et taciturne, assis dans un coin, un chapelet à la main ; ses petits-enfants qui sautaient autour d'elle, en riant, qui disparaissaient le temps de la sieste, revenaient deux heures plus tard redoublant de gaieté et d'insouciance, chantant le refrain de leur dessin animé :

« Au village des baies, baies, baies, nous vivons tous nos rêves ! Nous chantons tous les airs ! Nous oublions les chagrins ! Nous dansons de joie et gardons espoir ! Nous essuyons nos larmes et faisons de grands sourires ! Au village des baies, baies, baies ! »

Elle ne fit pas attention aux complaintes, aux pronostics, aux craintes, aux rires ni même aux pleurs. Toute cette symphonie, elle décida de l'occulter, de ne pas la laisser pénétrer la bulle dans laquelle elle s'était réfugiée avec les poissons.

Elle demeura ainsi jusqu'à la tombée de la nuit. Tarek, excédé, finit par s'accroupir devant la télévision et arracher le fil de la prise. Alors seulement, elle accepta de se relever et de suivre son mari sur le toit-terrasse. Aucun des deux ne voulut dîner et ils s'allongèrent comme les soirs précédents sous les étoiles.

– Tu ne pries plus.

Elle aurait aimé ne pas le dire sur le ton du reproche mais n'y était pas parvenue. Comme Tarek ne répondait rien, elle répéta :

– Depuis trois mois au moins, tu ne pries plus. Tu n'as rien dit mais je l'ai remarqué.

– Laisse-moi tranquille ! Crois-tu que ce soit le jour pour parler de cela ?

– Y a-t-il un jour pour parler de Dieu ? Tu ne portes plus de gandoura non plus, tu ne lis plus le Coran, Tarek, tu as changé, je le vois.

– Laisse-moi, je te dis, laisse-moi. J'ai la tête pleine, ce soir.

– Ça ira mieux demain.

– Demain, demain ! Est-ce que demain arrivera seulement ? Est-ce que le soleil acceptera de se lever de nouveau sur nous ? « Demain », mais Leïla, il n'y a plus de demain !

– Ne dis pas ça, Tarek !

Il se tourna sur le flanc.

– Je t'ai demandé de me laisser.

– Les filles parlent de guerre.

– Elles ne savent pas de quoi elles parlent. Elles ne savent pas ce que c'est que la guerre.

– Tout le pays va bientôt savoir.

– Laisse-moi, je te dis.

Elle ferma les yeux et fit une prière silencieuse comme elle le faisait tous les soirs. Elle supplia Dieu de protéger sa famille mais aussi de ramener Tarek sur le droit chemin. Depuis sa dernière prière à la mosquée, il semblait fâché avec la religion. Le sermon de l'imam avait duré plus longtemps que d'habitude, il avait appelé les fidèles à garder la tête froide face aux extrémistes et rappelé que l'Algérie en tant que terre d'islam ne pouvait tolérer les crimes de sang. Il avait insisté : les fidèles devaient respect aux hommes qui les gouvernaient. Les jeunes l'avaient hué et s'étaient levés, prêts à en découdre. Ils avaient crié : « Imam corrompu à la botte de l'armée ! Nous voulons la guerre contre cet État et contre le FLN ! » Tarek s'était interposé pour protéger l'imam et avait reçu un coup de poing dans le ventre.

Parmi les jeunes qui vociféraient, certains vivaient dans la Casbah, et Tarek et Leïla les connaissaient depuis des années. Deux d'entre eux avaient fait sortir Tarek de la mosquée et avaient empêché leurs amis de continuer à s'en prendre à lui. Ils l'avaient ensuite escorté jusqu'à sa maison, malgré ses protestations. Avant de repartir, ils lui avaient conseillé d'être plus discret à l'avenir. Leïla avait collé son oreille à la porte et entendu l'un des garçons glisser à son mari : « On ne sera pas toujours là pour te protéger. » Un môme de vingt ans, que Leïla connaissait depuis sa venue au monde, à qui elle avait apporté des cadeaux lors de sa circoncision, à qui elle avait glissé des pièces de monnaie à chaque fête de l'Aïd. Tarek avait pesté tout l'après-midi et elle n'avait pas réussi à le calmer.

Il avait répété en boucle : « J'ai fait la guerre et ce morveux parle de me protéger ! » Il n'avait pas décoléré et le soir venu, quand ce fut l'heure de prier, il avait fait ses ablutions, étalé le tapis en direction de La Mecque mais demeura incapable de réciter le moindre verset, tant son cœur était plein de ressentiment. Et depuis, il n'avait plus déplié le tapis de prière.

*

Cette nuit-là, Leïla rêva qu'elle nageait auprès de poissons multicolores aux longues nageoires transparentes. Son cœur s'apaisa, son corps se détendit. Elle ne pensa plus à la mort de Boudiaf, à tel point que le lendemain matin, elle se réveilla de bonne humeur et ce n'est qu'après avoir préparé le café que les événements survenus la veille lui revinrent à l'esprit.

La patrie pour tous

Leïla et Tarek partirent en ville pendant que le reste de la maisonnée dormait encore. Ils marchèrent en silence sur le chemin, le soleil leur faisait face et les forçait à plisser les yeux. À l'entrée du village, une inscription à la peinture noire s'étalait sur le mur d'un immeuble : LIBÉREZ LES DÉTENUS DU FRONT ISLAMIQUE DU SALUT. Leïla s'accrocha au bras de son mari, inquiète. Ils passèrent devant les ruines des maisons, arrivèrent sur la place du village où des arbres secs perdaient leurs branches, se séparèrent devant l'entrée du marché et se donnèrent rendez-vous une heure plus tard, à côté de la petite mosquée.

Leïla acheta de la viande, des tomates et de l'ail, et retourna sur ses pas, peu désireuse de s'attarder devant les étals. Les commerçants ne discutaient pas et affichaient une mine grave. Elle patienta aux abords de la mosquée, sous l'ombre d'un arbre. Personne ne faisait attention à elle, et cela la rassura. La lumière jaune du soleil ressemblait à un gigantesque projecteur qu'on aurait dirigé sur la place de la ville.

Deux femmes attendaient en silence devant un salon de coiffure à la devanture baissée. Des hommes discutaient adossés à un mur près de Leïla. Ils commentaient l'assassinat de Boudiaf. Un vieil homme appuyé sur une canne laissa échapper une larme. Il tenait d'une main tremblante un journal où l'on voyait une photo du défunt président, sur une estrade, quelques secondes avant sa mort. Le vieil homme lisait à haute voix les derniers mots de son discours :

– « Quand on regarde ces pays qui nous ont devancés, avec quoi ils l'ont fait ? Ils nous ont devancés avec la science. L'islam… » Et c'est sur ce mot qu'ils l'ont abattu, les voyous !

Les portes de la mosquée s'ouvrirent sur des fidèles vêtus de gandouras blanches, grises ou bleues. L'un d'entre eux, âgé d'une vingtaine d'années, l'interpella :

– Tu es un vieil homme et ton temps est révolu, tu devrais rentrer chez toi ! Moi, je suis très content de la mort de Boudiaf, c'était un dictateur comme les autres.

Leïla aperçut du coin de l'œil un véhicule de l'armée qui approchait. Elle s'empressa de traverser la route et rejoignit les femmes à côté du salon de coiffure qui lui adressèrent un sourire. Le véhicule s'arrêta, le vieil homme s'éclipsa d'un pas mal assuré mais les fidèles restèrent sur place, l'air décidé. Les militaires exigèrent de voir leurs papiers et isolèrent certains d'entre eux. Tarek arriva au milieu des cris et des protestations. Il prit les courses des mains de sa femme et l'entraîna au loin. Elle jeta un dernier coup d'œil derrière elle : les militaires impassibles embarquaient des jeunes dans leur fourgon.

Leïla tenta de se rappeler cette phrase que Boudiaf avait prononcée juste après son retour en Algérie. Qu'était-ce, déjà ? Elle ferma les yeux et se souvint : *La religion est pour Dieu et la patrie pour tous.*

La religion est pour Dieu.

La patrie pour tous.

Elle soupira. « Personne ne peut rien pour ces gamins, pensa-t-elle, ni pour nous. »

C'était la guerre qui commençait. Et comme toutes les guerres, elle continuerait de nous hanter des années après sa fin.

Il était inutile de partager avec les enfants l'angoisse qu'elle ressentait. Elle n'avait d'ailleurs jamais compris cette expression, puisque l'angoisse ne se partageait pas. Elle se démultipliait à l'infini, prenait racine en chacun, grandissait, mais jamais ne se partageait. En parler aux filles n'apaiserait ni n'aiderait personne. Elle remarqua alors que Tarek tenait par les oreilles un lapin blanc aux yeux rouges. Leïla eut un fou rire tant cela lui semblait incongru après la scène à laquelle elle venait d'assister.

– Mais pourquoi as-tu acheté un lapin ? Tu veux que je le cuisine ?

– Non ! C'est pour les enfants.

– Pour les jumelles ?

– Pour les petits-enfants. Ça les amusera d'avoir un lapin, il faut qu'ils jouent. Je veux qu'ils gardent de bons souvenirs de cet été, on ne sait pas à quoi ressembleront les prochains.

Les figues de Barbarie

Leïla avait décidé de s'occuper des figuiers de Barbarie. Elle avait sorti de la remise de vieux paniers, des sécateurs et avait commencé à tailler comme elle pouvait. Ses deux filles, les mains protégées de gants, récoltaient les fruits jaunes et juteux. Le lapin explorait le jardin, suivi par les enfants. Il reniflait chaque plante, chaque arbre, avec prudence. Les petits, amusés, n'osaient pas bouger pour ne pas l'effrayer.

« C'est ainsi que je m'étais imaginé notre vie, se dit Leïla. Ainsi que ça aurait dû se passer, mais on a vingt ans de retard. Et mes filles sont désormais des femmes, elles-mêmes mères. Qu'héritent nos enfants de nos peines ? Toutes ces années à faire semblant, à se cacher, au point que mes filles ont décidé de s'inventer une nouvelle identité. Une autre origine. »

Savoir que Saïd était en train de mourir avait ébranlé Leïla plus qu'elle ne l'aurait imaginé. Elle se demanda si Tarek n'avait pas insisté pour quitter Alger à cause de cela. Peut-être avait-il eu peur de céder à la curiosité ou à la colère, et de se confronter à son ancien ami avant qu'il ne meurt.

Elle était heureuse qu'il n'en ait rien fait. Les mots sont dangereux.

Elle soupira. Est-ce qu'un jour, ils arrêteraient de fuir ?

Leïla appuya avec force sur le sécateur sous le regard à la fois admirateur et troublé de ses filles. D'elle se dégageait quelque chose qui effrayait un peu les siens, elle en avait conscience. La colère l'avait prise en otage depuis si longtemps qu'elle n'avait jamais réussi à s'en débarrasser.

Oui, c'est ce qui était prévu, que les figues de Barbarie poussent, qu'elles encerclent le jardin, que les filles les ramassent, qu'elles les dégustent ensuite. Vingt ans plus tard, cela se réalisait. Et Leïla décida qu'il fallait s'en réjouir.

Elle entendait ses filles bavarder et se demanda si les jumelles se souvenaient de leur dernière journée dans le village et de leur départ précipité au petit matin. Curieuse, elle se tourna vers elles pour les interpeller, mais au moment où elle allait ouvrir la bouche, Leïla se rendit compte, démunie, qu'elle n'arrivait pas à prononcer les nouveaux prénoms.

– Ça va, maman ?

Les jumelles semblaient interloquées.

– Oui, oui.

– Tu as peut-être trop chaud, viens t'asseoir.

– Non, tout va bien. Je me demandais, est-ce que vous vous souvenez de… la dernière journée ici, avant, vous savez, avant qu'on ne déménage ?

Elles réfléchirent. L'une hocha la tête avec hésitation, pas très certaine, elle fronça les sourcils.

– Oui, on était allées voir notre grand-mère, la mère de papa.

Leïla rectifia :

– Non, il s'agissait de Safia.

– Nous avions été au lavoir avec les autres femmes. Nous avions joué avec d'autres enfants. Pourquoi tu demandes ça ?

– Pour rien, je voulais savoir si vous aviez conservé des souvenirs de cette maison et de ce village. On avait planté les figuiers quelques jours avant notre départ.

– Ah bon ? Je ne m'en souvenais pas !

– Moi non plus !

– Ce n'est pas grave. Reprenons !

Le lavoir, Leïla n'y avait plus pensé depuis longtemps. Les filles se trompaient, la journée au lavoir, c'était avant la parution du livre de Saïd. Il y avait été question toute la matinée de l'absence d'une des femmes du village. Son mari lui avait fait la surprise de rentrer de Marseille où il travaillait dans une usine de plastique. La pauvre femme avait pleuré de joie mais elle avait été désemparée de ce retour sans annonce. La maison n'était pas aussi propre et rangée qu'elle l'aurait voulu, les enfants étaient pleins de bave et de morve, elle n'avait pas teint ses cheveux depuis longtemps et elle portait une vieille robe d'intérieur.

Les femmes avaient longuement commenté ce retour entre elles. Lorsque l'un des maris revenait de France, sa femme et ses enfants passaient leurs plus beaux vêtements, et toute la famille partait en balade, montant et descendant la grande rue pour être vue de tous.

Le mari reparti, les voisines rejoignaient la femme de nouveau seule et en larmes. On la faisait rire, on racontait des histoires du temps passé, c'est-à-dire du temps de la colonisation. On se rappelait par exemple cette jeune fille d'une douzaine d'années, bonne dans une famille française, qui chantait et peignait, repérée par un ami de la famille qui l'emmena à Paris pour exposer ses dessins. Les femmes riaient en se souvenant que toutes les jeunes filles du village s'étaient mises à chanter ostensiblement devant les familles françaises avec l'espoir qu'on les sortirait elles aussi de la misère.

– Maman ? Tu ne tailles plus ? À quoi penses-tu ?

– Au lavoir. Il faudra que j'aille y faire un tour.

– Oh, maman, on va t'acheter une machine à laver !

– Oui mais tout de même, qu'est-il devenu ?

Leïla sursauta. Elle venait de se blesser avec le sécateur. Elle regarda le sang couler, indécise. Ses filles l'entourèrent.

– Attends, on va te chercher un mouchoir.

– Non, ne bougez pas, je rentre désinfecter la plaie, le sécateur est à moitié rouillé.

Leïla retourna à l'intérieur. Tarek avait abandonné les courses sur la table et lisait le journal, assis sur une chaise. « Ainsi donc, pensa-t-elle, les journaux sont revenus chez nous. » Elle n'osa rien dire et se contenta de regarder la une du quotidien où une photo de Boudiaf en costume marron s'étalait. Elle déchiffra machinalement le titre : *Mort de Boudiaf : un drame et des mystères.*

Elle détourna le visage. Qu'est-ce qui lui avait pris de lire. Ce qu'elle avait désappris pouvait revenir du jour au lendemain. L'alphabet, elle le savait, était encore là, quelque part dans son cerveau, bien tapi, prêt à bondir à la moindre occasion, elle devait rester vigilante.

– Tu t'es blessée ? Ça va ?

Tarek avait levé les yeux de son journal et désignait du doigt les gouttelettes de sang par terre. Leïla se ressaisit :

– Ce n'est rien.

Elle farfouilla dans un placard de la salle de bains et trouva une boîte à pharmacie vieille de vingt ans. Elle haussa les épaules, ça ferait l'affaire. Elle fit couler de l'eau et nettoya la plaie, versa de l'alcool à 90 degrés dessus et appliqua un bandage. Elle alla dans la cuisine préparer le déjeuner et alluma machinalement la radio, espérant écouter de la musique, mais c'était déjà l'heure du bulletin d'information. La journaliste parlait d'une voix étrangement enjouée : « Les funérailles du regretté Mohamed Boudiaf ont réuni des milliers d'Algériens. Le corps du défunt président a fait le tour de la ville, non pas dans une luxueuse voiture mais à bord d'un simple camion militaire. Comme le veut la tradition, le corps a fait un arrêt devant la mosquée où un imam a lu un verset du Coran. » Leïla éteignit la radio et ouvrit la fenêtre donnant sur le jardin d'où lui parvenaient les rires de ses petits-enfants qui jouaient avec un tuyau d'arrosage.

Leïla, apercevant le lapin prostré dans un coin, cria :

– Donnez à boire à votre lapin !

Les enfants se précipitèrent et se disputèrent l'honneur d'être celui qui déposerait la coupelle. Leïla ne s'en mêla pas, c'était leur monde.

Nous ne repartirons plus

Après le déjeuner, Leïla s'enferma dans sa chambre et s'allongea, volets clos. Elle s'assoupit. À son réveil, Tarek n'était plus là. Elle questionna ses filles mais elles ignoraient où était leur père. Leïla s'habilla et sortit à son tour. Elle alla d'abord sur la place du village mais celle-ci était déserte et elle se dirigea vers le cimetière. Le soleil était bien haut désormais. Les cigales chantaient fort et il faisait si chaud que Leïla en eut le vertige. Elle regretta de ne pas avoir pensé à prendre une bouteille d'eau avec elle. Elle passa le portail et aperçut son mari.

Il était là, à genoux sur la tombe de Safia, une mallette en carton qu'elle n'avait jamais vue était renversée sur la pierre tombale. Partout des papiers, des lettres, des livres. Elle s'apprêtait à le rejoindre mais il lui sembla qu'il priait et elle ne voulut pas l'interrompre.

« Toutes ces années, j'ai pensé à Rome et à ce que j'avais vécu dans la villa du Cardinal. Dans l'obscurité, c'était ma seule lumière. Oh, Safia, après mon retour, c'était comme courir sur un chemin de terre en pleine nuit, sans aucun repère, si ce n'est la lumière pâle de la lune. C'était comme être de nouveau prisonnier, de nouveau en guerre mais contre un ennemi invisible fait de papier et d'encre. C'était comme ne plus avoir de refuge, ne plus ressentir qu'une immense honte qui m'a enveloppé tout entier, drap poisseux dont plus jamais je ne pourrai me défaire.

Le jour où j'ai reçu ton télégramme, il faisait chaud, c'était le début de l'été. Les femmes portaient de belles robes, leur teint était hâlé, des parfums lourds flottaient dans l'air. J'ai erré, j'ai couru, je me suis arrêté. J'ai pensé à Leïla. Je n'ai jamais cessé de penser à elle.

Le lendemain, j'ai suivi des chemins, descendu des rues, traversé des places. J'ai passé les mains dans l'eau d'une fontaine pour mouiller mon visage. Je me suis adossé à un mur, haletant, incapable de réfléchir. J'ai repris mon souffle et j'ai fait marche arrière. Je suis allé à la gare de Termini pour acheter un billet de train.

J'ai rangé mes affaires dans la malle, j'ai laissé un mot à Alberto. J'ai écrit : je dois rentrer chez moi. J'ai écrit aussi que les statues allaient bien, que j'avais veillé sur elles tous les jours. Je ne me souviens plus de tout ce que j'ai noirci. Je me rappelle juste être parti.

Je suis rentré, j'ai rangé la mallette, j'ai pris ma femme et mes filles et au petit matin, le visage couvert, tandis que le vent se levait, nous sommes partis.

Je suis redevenu ouvrier. Quelle vie aurions-nous eue sans Saïd ? Quelle vie s'il n'avait pas fait de nous des personnages ? Je n'ai cessé de me le demander toutes ces années.

Et nous voici de retour, Safia. Et je ne t'ai jamais remerciée d'avoir veillé sur les miens et sur ma maison. Nous voici de retour et nous allons rester ici, nous ne repartirons plus, nous sommes chez nous. »

Notre guerre

Quelques semaines avant de retourner à El Zahra, Tarek avait acheté un ticket de cinéma pour revoir *La Bataille d'Alger* à la cinémathèque. La veille, attablé au comptoir d'un café, il avait lu dans le journal que Yacef Saâdi serait présent.

Une demi-heure avant la projection, Tarek sortit de chez lui, marcha vers le centre-ville, bifurqua sur la droite et emprunta la rue Larbi Ben M'hidi jusqu'au numéro 26. Il ne s'attarda pas devant les photos des réalisateurs affichées dans le hall, Costa-Gavras, Youssef Chahine, Jean-Luc Godard… Il tendit son ticket à l'ouvreur, un étudiant boutonneux, qui le déchira à moitié avant de l'inviter d'une voix bourrue à rejoindre la salle, le film allait commencer. Tarek se dépêcha et prit place sur le seul siège libre, tout au fond. Il soupira, soulagé. Dans l'obscurité et au milieu d'une salle bondée, personne ne le reconnaîtrait.

Le film terminé et les lumières rallumées, Tarek repéra Yacef Saâdi, assis au premier rang, vêtu d'un costume noir malgré le début de l'été. Son bras était posé avec nonchalance sur le dossier du siège voisin. Un employé de la cinémathèque installa deux chaises et une petite table basse face au public. La journaliste tenta de faire fonctionner le micro, en vain. Yacef se leva et bondit sur scène, « à la manière d'une panthère », se dit Tarek. Il n'entendit pas la question de la journaliste. Elle avait une voix faible à l'intonation presque plaintive et monotone. Un murmure agacé parcourut l'assemblée. Tarek tenta de se concentrer pour écouter l'ancien chef du FLN qui parlait désormais de sa rencontre avec Germaine Tillion qu'il qualifia de « grande dame » et avec laquelle il était toujours ami. Le murmure dans l'assemblée se mua en grognement. Anxieux, Tarek observa le public plus attentivement, il y avait surtout de jeunes hommes. L'un d'entre eux exigea de prendre la parole pour poser une question. Il demanda d'une voix posée et calme :

– Comme vous le savez, les élections de décembre dernier remportées par le Front islamique du salut ont été annulées et les dirigeants du parti ont été arrêtés. Ils sont emprisonnés depuis des mois et pourtant, ils n'ont rien fait de mal. Est-ce que vous pensez qu'on peut faire un parallèle entre la bataille populaire que vous avez menée contre l'ennemi colonial et celle que mènent nos frères contre cet État corrompu ?

Il y eut un grand chahut et Tarek n'entendit pas la réponse de Yacef Saâdi, mais cela n'eut pas l'air de plaire au reste de la salle. Des étudiantes quittèrent le cinéma, l'air effrayé, tandis qu'un homme cria que ce film était une honte. Son voisin approuva :

– Bientôt l'Algérie sera une terre d'islam !

De nouveau, des applaudissements. Yacef se leva tranquillement, en prenant tout son temps. Tarek crut déceler un demi-sourire mais il était trop loin pour en être certain. Il le vit retirer sa veste comme s'il s'apprêtait à se battre. Un silence lourd se fit dans la salle. Un pistolet était accroché à la ceinture du pantalon de Yacef, bien visible à présent.

« C'est la guerre », pensa Tarek. Il rentra chez lui et annonça à Leïla qu'il était temps de rentrer chez eux, à El Zahra.

*

Le 10 juillet 1992, Leïla épluchait des figues de Barbarie quand elle apprit à la radio la mort de Saïd B, « l'un des plus importants écrivains algériens, marié et père de deux fils, grand défenseur de la cause des femmes ». Elle eut la certitude qu'avant de fermer les yeux, sa dernière pensée avait été pour Tarek et elle. Elle s'étonna de ne rien ressentir : ni peine ni joie. « C'est trop tard », se dit-elle. Elle avait perdu vingt années de sa vie à cause de ce livre et la mort de son auteur ne les lui rendrait pas, ne la libérerait pas de la malédiction qu'il leur avait lancée, n'effacerait pas les nuits d'insomnie qu'elle avait passées, pétrifiée dans son lit à faire semblant de dormir et en ayant une conscience aiguë qu'à côté d'elle, Tarek faisait de même.

Leïla était montée sur la terrasse mouillée par une pluie d'été. Elle était restée ainsi sous les gouttes chaudes. Elle se demanda si Saïd avait regretté de ne pas avoir eu de fille. Peut-être que ça devait être comme ça, songea-t-elle. Une fille vous met face à vos contradictions, contrairement à une épouse qui veut bien feindre de ne pas les voir. Une fille ne vous pardonne rien, n'accepte aucune faiblesse de la part d'un père, n'est jamais compréhensive. Saïd n'aurait pas pu le supporter. C'était mieux ainsi.

Leïla récita une prière pour lui mais s'arrêta au milieu, son cœur était tourmenté. Elle vit au loin arriver de gros nuages noirs, menaçants, et elle redescendit l'échelle. Dans le jardin, elle s'assura que le lapin était à l'abri puis rejoignit sa famille. Tarek augmenta le son de la télévision à son arrivée. Une chanson de Warda al-Jazairia résonna. Les enfants dessinaient dans un coin, silencieux et appliqués, sous le regard de leurs mères. Leïla s'agenouilla par terre à côté de son mari, la mine grave. Elle murmura à son adresse :

– Saïd est mort.

Il lui prit la main.

*

« C'est la guerre », pensa Tarek.

*

C'était notre guerre. Et comme nos grands-parents et nos parents, nous n'en parlerons pas. Nous ne dirons rien des réveils gris et cotonneux, des nuits au décompte macabre, de notre enfance et de notre jeunesse en pointillé, de la vie qui ne s'arrête pas, non, qui fait tout le contraire, qui s'étire indéfiniment, dans une lenteur épouvantable, et où chaque jour est calqué sur le précédent.

Nous tairons les cauchemars et ferons mine d'ignorer que lorsque le pays tout entier a basculé dans l'horreur, nos yeux, comme ceux de nos parents et de nos grands-parents avant nous, ont changé, car c'est bien ce que vous font les guerres, elles vous altèrent et vous abîment définitivement. Elles s'enchaînent à vos pieds et vous les traînez toute votre vie. Elles vous épouvantent et vous condamnent à vivre en marge des autres. Elles vous forcent à cohabiter, à cheminer avec des démons.

*

Saïd ne verra rien de tout cela. Il ne lira pas cette phrase peinte sur un mur de la ville : *Ceux qui combattent par la plume périront par la lame.* Il ne saura rien des villages entiers massacrés par les groupes islamistes. Que des villes comme Blida qui était connue pour être la Cité des roses et pour sa jolie place des mûres au milieu de laquelle trônait un majestueux kiosque à musique, deviendrait célèbre pour avoir été le refuge des terroristes. Il ne saura pas que malgré les prières et les suppliques, malgré les appels au calme, il faudra plus de dix ans pour sortir de la peur, du sang, du crime, pour en finir avec le terrorisme et qu'entre-temps une génération tout entière, la mienne, aura grandi en ne connaissant que les fils barbelés, les barreaux aux fenêtres et la suspicion. Il ignorera que la réalité deviendra une sombre tache, un effroyable cauchemar, que la littérature peinera à exister dans notre quotidien, que des cinémas exploseront sous les bombes, qu'un libraire sera assassiné sur le pas de sa porte, que le monde extérieur cessera d'exister.

Les grandes manifestations et marches contre le terrorisme dans tout le pays. La rupture des relations diplomatiques avec l'Iran accusé d'ingérence et d'aide au terrorisme. Le détournement d'un vol Air France. La censure par le gouvernement de certains titres de la presse privée accusés d'ouvrir leurs colonnes « aux criminels ». L'enlèvement puis l'assassinat du chanteur kabyle Matoub Lounès. Les attentats à la voiture piégée. Les bombes qui visent les universités et les ministères. Les étudiants qui cachent leurs affaires scolaires dans des boîtes à pizza. Les menaces de *guerre totale* des deux côtés. La guerre totale dans laquelle on plonge. La mort du chanteur de raï Cheb Hasni, assassiné à Oran, et ses immenses obsèques populaires. Le taux de réussite du bac en chute libre. La mort du grand dramaturge Abdelkader Alloula dans un attentat. Le kidnapping et le viol de jeunes filles. Les mois de ramadan au rythme des bombes sur fond de crise économique. L'assassinat du directeur du Théâtre national. Les tentatives de dialogue qui échouent les unes après les autres. Les gamins qui montent au maquis et qui ne reviennent pas, ceux qui disparaissent aux abords des mosquées après des contrôles et qui jamais ne seront retrouvés. L'assassinat des moines de Tibhirine. Les émeutes en Kabylie après la mort d'un jeune dans les locaux d'une gendarmerie.

Tout ce qui pouvait arriver nous arriva.

*

Saïd ignorera aussi qu'il aura marqué l'histoire de la littérature à tel point que bien des années après sa mort et après la guerre civile, son premier roman atterrirait entre mes mains et que j'y reconnaîtrais mes grands-parents et leur village natal transposés à une autre époque, et que pendant longtemps je me suis demandé si le fait que je sois devenue écrivaine avait été une revanche pour mon grand-père ou au contraire s'il l'avait vécu comme une étrange filiation par rapport à celui qui fut son meilleur ami. Que cette question me taraudera durant de nombreuses années, tel un nuage noir au-dessus de ma tête et que lorsque j'écrirai *Nos richesses*, ce serait déjà avec l'idée d'écrire cet autre livre qui imaginerait une autre histoire, d'autres trajectoires pour Tarek et Leïla, et qui serait l'exact contraire de l'aventure d'Edmond Charlot, car si la littérature peut sauver, elle peut aussi être un vent mauvais.

Saïd ne saura pas non plus que Leïla et Tarek, eux, sont toujours vivants, qu'ils ont survécu en 1994 à l'attaque d'un groupe de terroristes, grâce à Leïla montée sur le toit de leur maison et qui hurla si fort, si longtemps, à s'en exploser la voix, qu'une patrouille de police l'entendit et arriva à temps pour les sauver. Et ils vivent toujours à El Zahra d'ailleurs, et ils se tiennent toujours la main le soir avant de se coucher.

Et les figues de Barbarie continuent de pousser.

Remerciements

Merci à Cloè et Alessandro Poma Murialdo, et à la Fondation Torlonia pour m'avoir ouvert les portes de la villa Albani et merci à Sam Stourdzé d'avoir rendu tout cela possible.

Sources

La mutinerie des soldats nord-africains à Versailles :

- Cotes 300W36 et 1W500 des archives départementales des Yvelines, mentionnées par Emmanuel Blanchard dans l'article « Quand des soldats coloniaux se révoltaient », revue *Plein Droit* 2006/2 (n° 69)

Le tournage de la bataille d'Alger :

- Documentaire *La Bataille d'Alger, un film dans l'histoire* de Malek Bensmaïl, 2017
- Documentaire *Histoire du film « La Bataille d'Alger »* de Smail Aggar, 2018

Fanon et les Black Panthers :

Alger, capitale de la révolution. De Fanon aux Black Panthers, Elaine Mokhtefi, La Fabrique Éditions, 2019

Table

2. LEÏLA

RÉALISATION : NORD COMPO À VILLENEUVE-D'ASCQ
ACHEVÉ D'IMPRIMER SUR ROTO-PAGE
PAR L'IMPRIMERIE FLOCH À MAYENNE
DÉPÔT LÉGAL : AOÛT 2022. N° 150356-04 (101649)
Imprimé en France